藏在古詩詞裏的知識百科

冬天篇

貓貓咪呀　編繪

新雅文化事業有限公司
www.sunya.com.hk

目錄

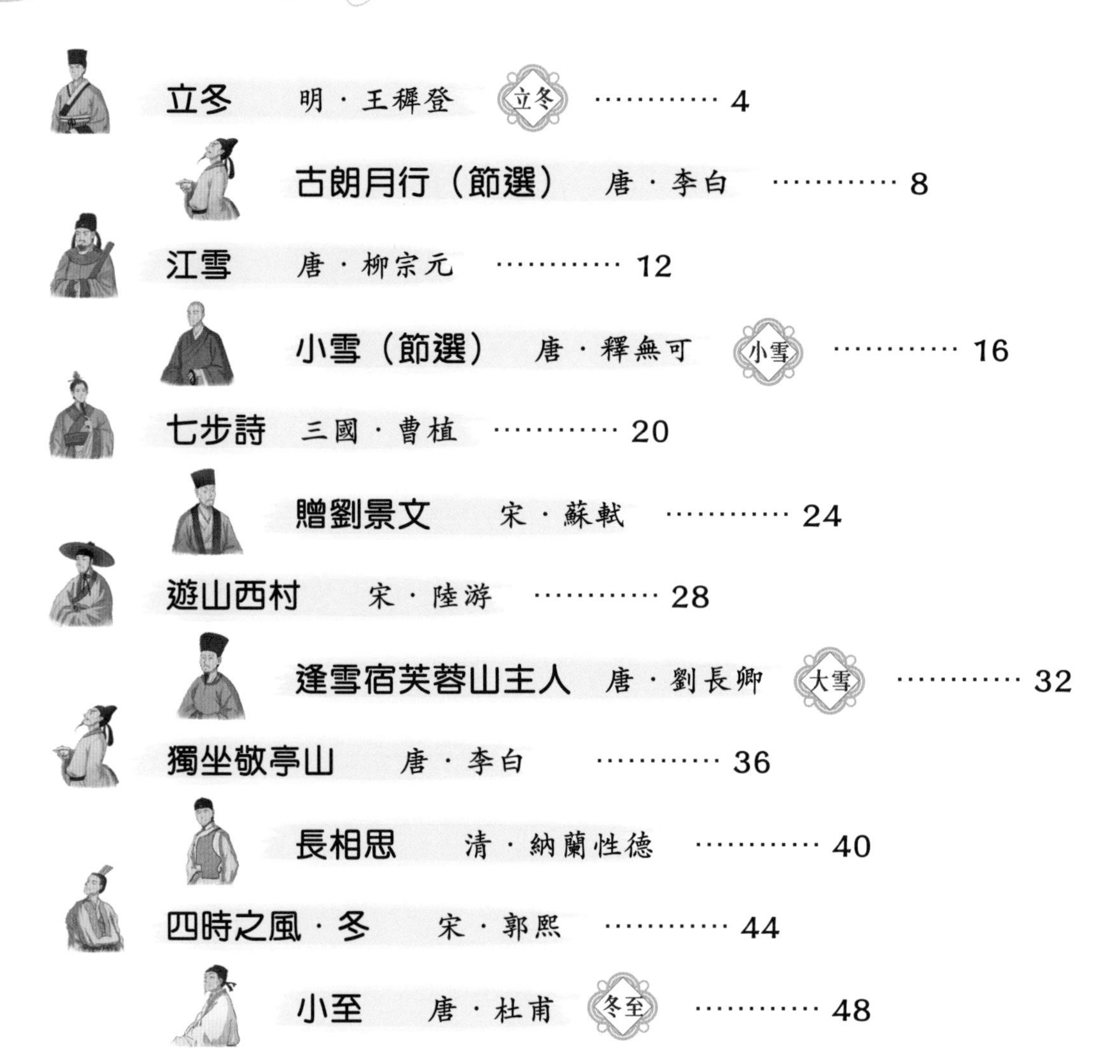

明・王穉登 1535 - 1612 年

字號： 字百穀、伯穀，號松壇道士

簡介： 明朝後期的文學家、詩人、書法家。王穉登（穉zhì，粵音稚）年少時便有才名；嘉靖年間，兩度遊學京師，客大學士袁煒家；晚年曾參與修訂國史。一生著作頗豐，有詩文、書法作品存世。

代表作： 《王百穀集》、《晉陵集》、《彩袍記》等

lì dōng
立冬

qiū fēng chuī jìn jiù tíng kē
秋風吹盡舊庭柯①，

huáng yè dān fēng kè lǐ guò
黃葉丹楓②客③裏過。

yì diǎn chán dēng bàn lún yuè
一點禪燈④半輪月⑤，

jīn xiāo hán jiào zuó xiāo duō
今宵寒較昨宵多。

譯文

❶ 庭柯：庭院中的樹木。

❷ 丹楓：紅色的楓樹。

❸ 客：客居他鄉。

❹ 禪燈：寺廟裏的燈火，或者孤燈。

❺ 半輪月：指彎月。

注釋

秋風橫掃過後，院子裏的樹葉都飄落了，黃葉滿地、楓樹紅了，我仍然客居在他鄉。一盞孤燈和彎月陪着我，今夜似乎比昨夜還要寒冷。

賞析

這首詩用枯樹、落葉等經典意象，點明秋去冬來、季節更替，詩人借漸趨寒冷的天氣，抒發了離家在外的孤獨情懷。

古詩詞中的百科

「立冬」是冬季的第一個節氣，在公曆 11 月 6 至 8 日之間，標誌着冬季正式來臨。隨着溫度降低，草木凋零、蟄蟲休眠，萬物活動漸趨緩慢。人們在秋天收割農作物，到了冬天就要收藏好，有「秋收冬藏」的說法。立冬還有「補冬」的習俗，北方人吃水餃，南方人就吃滋補身體的食物，也有用藥材、薑、辣椒等驅寒補身。

雨雪天氣

立冬前後，中國大部分地區降水量顯著減少，而降水的形式開始多樣化——雨、雪、雨夾雪、冰粒等等。偶爾也會有溫度回升的現象，但大氣中積累的污染物比較多，容易形成濃霧或霧霾。

開始結冰

天氣轉冷，北方的水面結上一層薄冰，土地開始因嚴寒而凍結，變得硬邦邦的。在南方卻正是秋收冬種的好時節，人們會抓緊時間搶種冬小麥。

冬眠

某些動物為了適應缺少食物、天氣寒冷等的冬季不良環境條件而要冬眠，體溫將降至接近環境溫度（幾乎到0℃），生命活動處於極度遲緩的狀態，以減少能量消耗。蝙蝠、刺蝟、極地松鼠等都有冬眠的習性。在環境溫度降低或升高到一定程度，或其他刺激下，其體溫可迅速恢復到正常水平。

取暖

冬天到了，天氣逐步變冷，家家戶戶都要為過冬做準備。生火爐、穿棉衣，就連牛、馬身上的毛都會變厚，以抵禦冬天的寒冷。

剪枝

冬天很多果樹都進入了休眠期，果農們趁機給果樹「理髮」，剪掉一些枯枝、老枝以及密集的樹枝，讓果樹獲得更好的通風和光照，減輕病蟲害。

月亮形狀的變化與稱謂

- 新月（農曆初一）：又叫朔月，基本上看不到或隱約可見一彎細線
- 蛾眉月（農曆初三、初四）：如眉似弓，月面朝西
- 上弦月（農曆初七、初八）：半圓，月亮的西側半邊透亮
- 漸盈凸月（農曆十二、十三）：又叫盈凸月，橢圓，月面大部分是明亮的
- 滿月（農曆十五、十六）：又叫望月，圓盤，整個月亮的光面對着地球
- 漸虧凸月（農曆十六至二十三）：又叫虧凸月，橢圓
- 下弦月（農曆二十二、二十三）：半圓，月面朝東，月亮的東側半邊明亮
- 殘月（農曆二十四至月末）：有「殘月如鉤」的說法

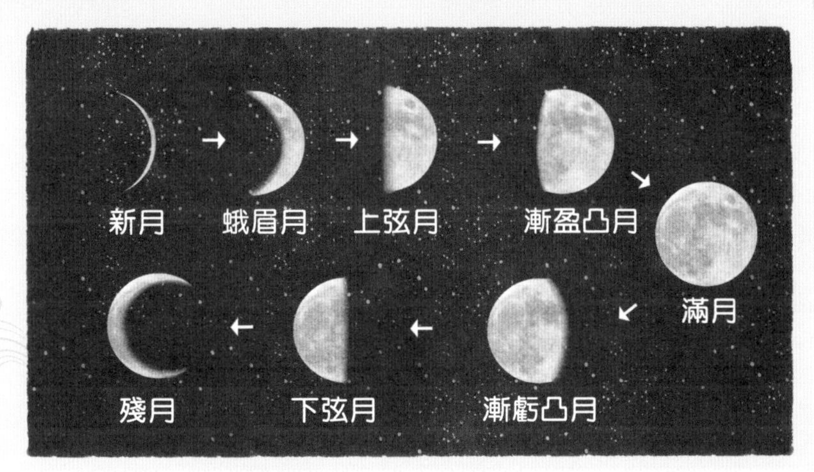

古代人用什麼照明？

古代在電力和電燈發明以前，夜間照明主要依靠蠟燭和油燈。貧窮人家大多買不起蠟燭和油燈，於是有「囊螢夜讀」、「鑿壁偷光」等古人勤學故事。

吳門子弟

明代的唐寅、祝允明、文徵明及徐禎卿四人，因精通詩文書畫，世稱「吳中四才子」、「江南四大才子」。本詩作者王穉登曾經拜師文徵明，成了「吳門派」成員，他的作品繼承和延續了恩師的風雅氣質。

唐・李白 701 - 762 年

字號：字太白，號青蓮居士、「謫仙人」

簡介：唐代浪漫主義詩人，有「詩仙」之譽。性格豪爽，愛好喝酒，喜歡結交朋友，擅長舞劍。與杜甫並稱「李杜」。有《李太白集》傳世。

代表作：《望廬山瀑布》、《行路難》、《蜀道難》、《將進酒》、《早發白帝城》等

gǔ lǎng yuè xíng jié xuǎn
古朗月行[1]（節選）

xiǎo shí bù shí yuè
小時不識月，

hū zuò bái yù pán
呼作白玉盤。

yòu yí yáo tái jìng
又疑瑤台[2]鏡，

fēi zài qīng yún duān
飛在青雲端。

譯文

❶ 古朗月行：南朝詩人鮑照寫過一首樂府詩《朗月行》，李白用樂府舊題寫新詩，所以稱《古朗月行》。

❷ 瑤台：古代傳説中神仙居住的地方。

注釋

小時候不認識月亮，把它稱為白玉盤。又懷疑它是瑤池仙人用的鏡子，飛到了天空上。

賞析

詩人從形狀、顏色入手，把月亮比作「白玉盤」、「瑤台鏡」，通過新奇的想像，用浪漫主義的表現手法，展現了圓月當空的景致。

古詩詞中的百科

月亮的別稱

「月亮」是月球的俗稱。在中國古代，月亮還有很多別稱或雅稱，如「太陰」、「玄兔」、「望舒」、「素娥」、「嬋娟」、「冰輪」等。

關於月亮的傳説

在中國古代神話傳說中，月亮被稱為月宮、蟾宮。人們想像着月亮上有嫦娥、玉兔、吳剛、桂樹等，所以就有了嫦娥奔月、吳剛伐桂、玉兔搗藥等神話傳說。

嫦娥奔月

吳剛伐桂

玉兔搗藥

桂樹——「貴」樹

桂樹即桂花樹。因「桂」與「貴」同音，古代多借「桂」來表示「貴」，如蓮花和桂花寓意「連生貴子」，棗樹和桂樹寓意「早生貴子」，桂花和桃花寓意「貴壽無極」。人們在傳統園林中，常常對植桂樹，稱「雙桂留芳」，或將玉蘭、海棠、牡丹、桂花同植庭園之中，取「玉堂富貴」的吉祥寓意。

神仙居住的瑤池

瑤池是中國古代神話傳說中西王母居住的地方，位於昆侖山上。《山海經校注》上曾記載：「西王母雖以昆侖為宮，亦自有離宮別窟，遊息之處，不專住一山也」。相傳王母在瑤池有個蟠桃園，吃了這些蟠桃能長生不老。

后羿射日

遠古時期，天帝帝俊與女神羲和生的十個孩子都是太陽，十個太陽原本睡在扶桑樹枝條的底下，每日輪流到天上工作，照耀大地。可是有一次，十個太陽一起出現在天上，為大地帶來嚴重的災難。為了拯救人類，后羿用箭射掉了九個太陽，使他們化作三腳烏鴉，自此天上只留下了一個太陽。

延伸學習

《古朗月行》
(全文)

小時不識月，呼作白玉盤。又疑瑤台鏡，飛在青雲端。
仙人垂兩足，桂樹何團團。白兔搗藥成，問言與誰餐。
蟾蜍蝕圓影，大明夜已殘。羿昔落九烏，天人清且安。
陰精此淪惑，去去不足觀。憂來其如何，悽愴摧心肝。

唐・柳宗元 773 - 819年

字號：字子厚

簡介：唐朝文學家、哲學家、散文家和思想家，唐宋八大家之一，世稱「柳河東」、「河東先生」。詩文作品超過六百篇，留有《河東先生集》。其文的成就大於詩。駢文近百篇，散文説理性強，諷刺辛辣。

代表作：《溪居》、《江雪》、《漁翁》、《永州八記》等

江雪
jiāng xuě

qiān shān niǎo fēi jué
千山鳥飛絕[1]，

wàn jìng rén zōng miè
萬徑人蹤[2]滅。

gū zhōu suō lì wēng
孤舟蓑笠翁[3]，

dú diào hán jiāng xuě
獨釣寒江雪。

譯文

❶ 絕：絕跡。

❷ 人蹤：行人的腳印。

❸ 蓑笠翁：蓑（suō，粵音梳），蓑衣。笠（lì，粵音粒），斗笠。披蓑衣、戴斗笠的漁翁。

注釋

羣山之間見不到飛鳥的影子，所有道路上也沒有行人的蹤跡。江面的一葉孤舟上只有一位披蓑衣、戴斗笠的漁翁，在白雪籠罩的天地間獨自垂釣。

賞析

這是一首寫景言志的小詩。白雪籠罩四野，天地間空寂寒冷、萬籟無聲，只有江面孤舟上的漁翁，形單影隻，靜靜垂釣。詩人用極為簡練的文筆，以千山、萬徑的極端寂靜，襯托出漁翁的遺世獨立和冷峻孤獨，意境深遠。

古詩詞中的百科

雪的形成

雪是降水的一種形式。降雪需要三個條件：水氣飽和、適當的環境溫度，以及空氣裏有凝結核，如灰塵、花粉、微粒等。空氣中的水氣冷卻後凝結成小水滴或小冰晶，雲裏面的小水滴或小冰晶不斷摩擦碰撞，並合併成較大的水滴或冰晶。由於冰水共存，冰晶不斷凝華增大成為雪花。當雲下氣溫低於0℃時，雪花可以一直落到地面從而形成降雪。如果雲下氣溫高於0℃，則可能出現雨夾雪。

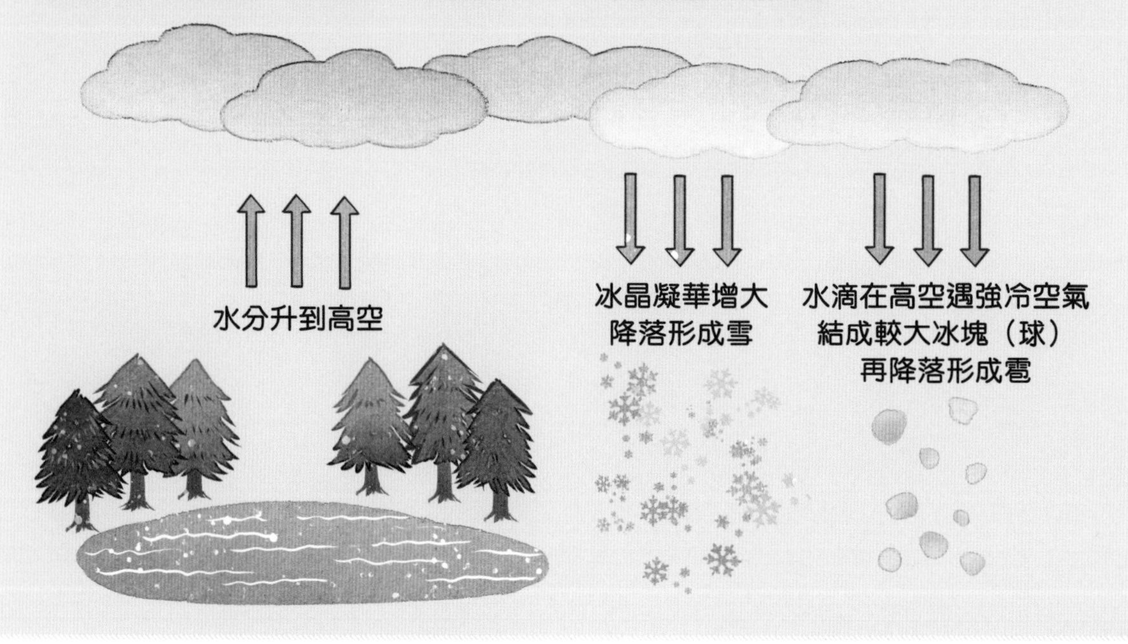

雪還能保溫？

積雪鋪蓋在大地上，可以使地面溫度不因嚴寒而降得太低，這就是雪的保溫作用。我們都知道，冬天穿棉襖很暖和，這是因為棉花的孔隙度很高，棉花孔隙裏填充着許多空氣，空氣的導熱性能很差，可以阻止人體的熱量向外擴散。覆蓋在地面上的積雪很像棉花，雪花之間的孔隙度很高，鑽進積雪孔隙裏的這層空氣可使地面溫度不會降得很低。

柳宗元與永州

《江雪》是柳宗元被貶至永州時寫的一首五言絕句。永州位於今湖南省南部，漢朝時稱為零陵，至隋唐時改稱永州。因瀟水和湘江在此匯合，永州自古還有「瀟湘」的雅稱。唐代時期，永州屬於「南荒」之地，柳宗元被貶到永州，在這裏待了十年，寫下了《江雪》、《永州八記》、《捕蛇者說》等名作。

永州八記

柳宗元被貶為永州司馬時，遍遊永州城郊山水，借山水遊記抒發胸中憤鬱。《永州八記》包括《始得西山宴遊記》、《鈷鉧潭記》、《鈷鉧潭西小丘記》、《至小丘西小石潭記》、《袁家渴記》、《石渠記》、《石澗記》、《小石城山記》。由於這八篇遊記都寫於永州城郊，歷代文人尋勝較多，因此得名「永州八記」。除了這八記之外，柳宗元還寫過《遊黃溪記》，也是在永州的遊記。

延伸學習

唐・釋無可 生卒年不詳

字號：姓賈氏

簡介：唐朝詩僧。年少時出家為僧，曾與從兄賈島在西安青龍寺修行。大和年間，為白閣寺僧，與姚合、張籍、馬戴等人友善。擅五言詩，書法小有成就。

代表作：《僧無可詩集》

小雪（節選）

xiǎo xuě jié xuǎn
小雪（節選）

piàn piàn hù líng lóng
片片互玲瓏①，

fēi yáng yù lòu zhōng
飛揚玉漏②終。

zhà wēi quán mǎn dì
乍③微全滿地，

jiàn mì gèng wú fēng
漸密更無風。

譯文

❶ 玲瓏：小巧靈活。
❷ 玉漏：漏壺的別稱，是古代的鐘錶。
❸ 乍：剛剛開始。

注釋

潔白小巧的雪花一片片飄落，洋洋灑灑，彷彿計時的漏壺那樣，永遠也不會停下來。雪剛下了一會兒，就已經鋪滿大地，越下越密，密集得連風都吹不進來了。

賞析

這是一首詠雪詩。辭藻並不華麗，場景也不壯觀，卻很生動傳神。首句中「玲瓏」賦予雪片精緻之意，第二句將無休止的飛雪比作古代計時的漏壺，看似無關，實際卻隱含飛雪不斷的意境，想像大膽、新奇。

古詩詞中的百科

「小雪」是冬季的第二個節氣，在公曆 11 月 22 日或 23 日。此時由於天氣寒冷，中國東部常會出現大範圍大風、降溫，而北方早已進入寒冷冰封的時節。雖然北方已經下雪，但雪量還不大，所以稱為「小雪」。每年這個時候，氣候變得乾燥，是中國南方加工臘肉的好時機。

幫樹木過冬

小雪時節，中國北方大部分地區受到強冷空氣的影響，氣溫逐步降到了0℃以下。對於野外不耐寒的樹木，人們可以在深秋時，在樹幹塗抹石灰水，既防凍又可以消滅蟲子；在樹幹上捆點草繩、草席、塑膠布，就像給人穿棉襖一樣，也可以起到防寒防凍的作用。不耐寒的花草可以移到室內，如發財樹、綠蘿等，存放在陽光充足的房間或溫室裏，這樣既能曬到太陽，還能保溫。

糧食入倉

經過春播、夏長、秋收，各種糧食和蔬菜要儲存起來。農村的人會將蘿蔔、土豆、紅薯、白菜、大葱等放入地窖，將晾曬好的糧食裝袋，放入糧倉保存。

白災

白災又稱「白毛風」，指大風、降溫而且有降雪的天氣，對北方地區，尤其是放牧地區造成很大的威脅。牧區出現「白毛風」時，大風吹起地面的雪，與天上降下的雪混在一起，到處白茫茫一片，水平能見度可小於十公里。這種天氣容易使遊牧的牧民和羊羣迷失方向，道路上出現嚴重的交通阻塞，而且人和牲畜容易凍傷、凍死。

醃菜

古有諺語稱：「小雪醃菜，大雪醃肉。」小雪時節，家家戶戶都開始為冬天製作一些容易儲藏的食物，如醃白菜、醃蘿蔔，還有各種風乾的臘腸、臘肉等，既美味又便於貯存。

古代計時工具：漏壺

漏壺又稱漏刻、水鐘，是一種古老的計時儀器，春秋時期已經大量出現，通常都是利用水或者沙子流淌的速度來計量時間的長短。

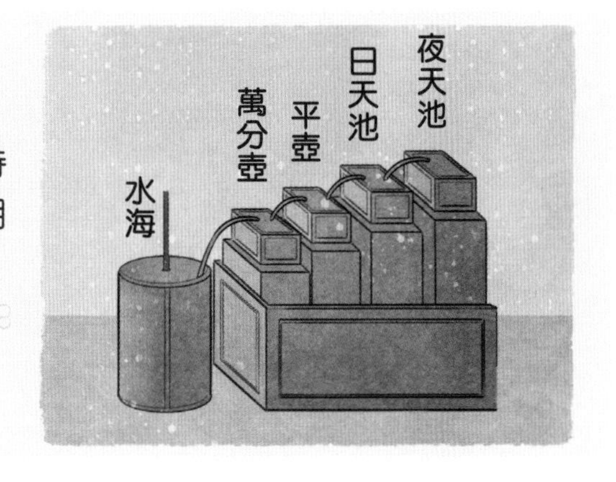

好友姚合

本詩作者釋無可與姚合交往頗多，雙方都在詩作中提到彼此。姚合也是唐代著名詩人，與賈島詩風相近，世稱「姚賈」，作品多描寫自然景物。

從兄從弟

釋無可是詩人賈島的從弟，所謂「從兄弟」，指的是一種同姓的兄弟關係，他們不是同一個父親或者同一個爺爺的孩子，但是擁有同一個太爺爺。現時多稱為「堂兄弟」。

如右面的家族關係圖中，小聰和小明是「從兄弟」關係，他們的爺爺和爸爸不一樣，但是有同一個太爺爺，是同一個家族的人。

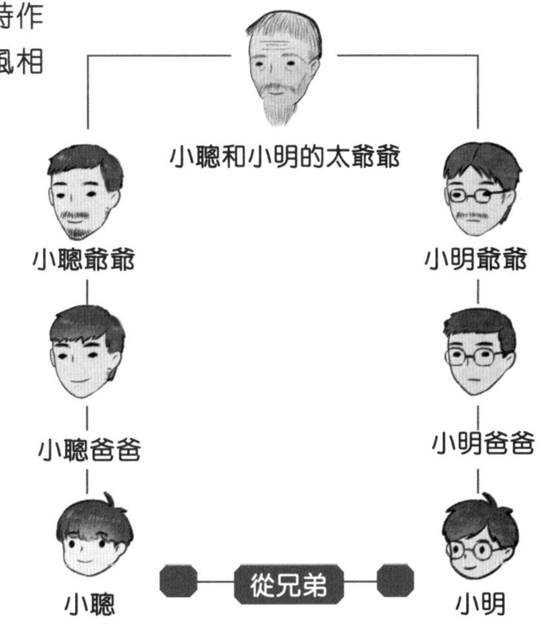

青龍寺

釋無可與賈島共同修行過的青龍寺位於陝西省西安市郊外，距大雁塔東北約一點五公里，鄰近道教名山終南山。青龍寺在唐代中期聞名海內外，吸引了大量外國僧人來此學習深造。

三國・曹植 192 - 232 年

字號：字子建

簡介：生前曾為陳王，謚號「思」，因此又稱陳思王。曹操與正室卞氏的第三子，曹丕的弟弟。三國時期著名文學家，建安文學代表人物之一。在兩晉南北朝時期，被推崇到文章典範的地位。

代表作：《洛神賦》、《白馬篇》、《七哀詩》等

七步詩
qī bù shī

zhǔ dòu chí zuò gēng，lù shū yǐ wéi zhī。
煮豆持作羹[1]，漉菽以為汁[2]。

qí zài fǔ xià rán，dòu zài fǔ zhōng qì。
萁[3]在釜[4]下燃，豆在釜中泣。

běn zì tóng gēn shēng，xiāng jiān hé tài jí？
本自同根生，相煎[5]何太急？

譯文

❶ 羹：以肉或菜為食材，用蒸煮等方法做成的糊狀或凍狀的食物，如肉羹、雞蛋羹。

❷ 漉菽以為汁：漉（lù，粵音鹿），過濾。菽（shū，粵音熟），一種豆製食品。這句的意思是把豆子的殘渣過濾出去，留下豆汁做羹。

❸ 萁：指豆類植物脫粒之後剩下的莖稈。萁qí，粵音其。

❹ 釜：古代的鍋。

❺ 煎：原意為煎熬，這裏指迫害。

注釋

把豆子放在鍋裏煮熟，然後把豆子殘渣過濾後，留下豆汁用來做羹。豆稈在鍋底下熊熊燃燒，豆子在鍋裏悲傷地哭泣。豆子和豆稈本來是同一條根上生長出來的，豆稈何必這麼急切地迫害豆子，骨肉相殘呢？

賞析

這首詩用煮豆燒豆稈來比喻曹植遭到兄長曹丕的迫害，是沉痛又嚴肅的指控和責問，語言淺顯，寓意明瞭。其中「本自同根生，相煎何太急」，已成為千百年來人們勸戒兄弟相爭、骨肉相殘的經典用語。

古詩詞中的百科

大豆

大豆通稱黃豆，雙子葉植物綱豆科大豆屬，一年生草本，高三十至九十厘米。莖直而粗壯，密被褐色長硬毛。種子二至五顆，橢圓形、近球形，種皮光滑。原產於中國，古稱菽。現時種植的大豆是由野生大豆改良馴化而成的。常用來做各種豆製品、榨取豆油、釀造醬油和提取蛋白質等。

出苗

開花

結豆莢

豆製品家族

中國是大豆的故鄉，栽培大豆已有五千年的歷史。幾千年來，中國古代勞動人民用各種豆類製作了多種多樣的豆製品，如豆腐、豆腐絲、腐乳、豆漿、豆豉、醬油、豆腸、豆筋等。豆製品含豐富的鈣、鐵、蛋白質等，比起肉類含有較少飽和脂肪酸，有助降低患心血管疾病、骨質疏鬆等風險。

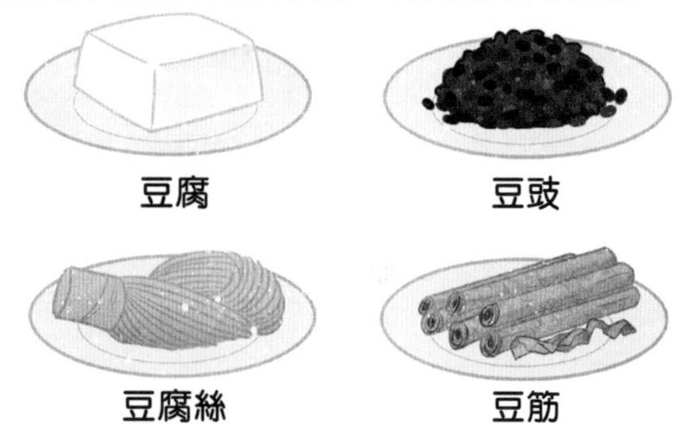
豆腐　豆豉
豆腐絲　豆筋

釜

古代類似鍋的一種炊具，釜口圓形，圓底無足，有的釜口帶有兩耳。釜需要放在爐灶之上，用來蒸或煮食物，跟現代的「鍋」相似。釜有銅質、鐵質和陶質的，主要盛行於漢代。

關於七步詩的傳說

曹植創作《七步詩》，在歷史上流傳着一個驚心動魄的故事。曹操病逝後，兒子曹丕取代漢室建立魏國，做了魏國的皇帝。據說曹丕心胸狹窄、猜忌多疑，因嫉妒弟弟曹植才華橫溢，對他屢加迫害。有一次，曹丕請曹植喝酒，酒席上，命曹植在七步之內作詩一首，如果寫不出來，就要治曹植的罪。名義上是讓曹植在限定時間內寫詩，實際上是借機殺人。曹植沉着起步，一步一吟，吟出《七步詩》。曹丕沒想到曹植能夠在這麼短的時間內寫出詩來，又聽到詩中所言「本自同根生，相煎何太急」，心感愧疚，只得作罷。

三曹

「三曹」是漢魏時期曹操和他的兒子曹丕、曹植的合稱。父子三人均為建安時期的優秀詩人，作品以樂府詩居多。曹操的詩悲涼慷慨、氣韻沉雄，著有《觀滄海》、《龜雖壽》等；曹丕的詩清新明麗、感情真摯，著有《燕歌行》、《典論》等；本詩作者曹植的前後期作品有不同風格，人們形容是「骨氣奇高，辭采華茂」，著有《白馬篇》、《洛神賦》等。三人的文學成就對後代文人產生了極為深遠的影響。

喝酒誤事

曹植算是曹操兒子中比較有才的一位，因此受寵，也得到了一些人的輔佐。曹操本來打算立曹植為世子。然而，曹植文人之氣太濃，常常任性而為，飲起酒來毫無節制。有一次他喝了酒，私自坐着王室的車馬，在只有帝王舉行典禮才能行走的禁道上縱情馳騁，這件事讓曹操大怒，最後立曹丕為世子。

宋・蘇軾 1037 - 1101 年

字號：字子瞻、和仲，號東坡居士、鐵冠道人

簡介：北宋著名文學家、書法家、畫家。蘇軾一生為官屢次被貶，但是他坦蕩曠達，始終保持樂觀的心態，在文學藝術上取得了卓越的成就，在詩、詞、散文方面均有建樹。

代表作：《東坡七集》、《東坡易傳》、《東坡樂府》等

贈劉景文
zèng liú jǐng wén

hé jìn yǐ wú qíng yǔ gài
荷盡①已無擎②雨蓋③，

jú cán yóu yǒu ào shuāng zhī
菊殘猶有傲霜④枝。

yì nián hǎo jǐng jūn xū jì
一年好景君須記，

zuì shì chéng huáng jú lǜ shí
最是橙黃橘綠時。

注釋

❶ 荷盡：荷花枯萎，殘敗凋謝。
❷ 擎：向上托舉。擎 qíng，粵音鯨。
❸ 雨蓋：雨傘，這裏指荷葉舒展的樣子。
❹ 傲霜：不畏寒冷霜凍。

譯文

荷花凋謝，像雨傘一樣的荷葉也枯萎了；菊花殘敗，枝幹卻還在傲霜獨立。一年中最好的景致您一定要記住，就是秋末冬初橙子金黃、橘子青綠的時節。

賞析

這首詩是蘇軾寫給好友劉景文的。前兩句以「荷盡」、「菊殘」描繪出秋末冬初的蕭瑟景象，「已無」與「猶有」形成強烈對比，突出殘菊迎霜挺立的頑強品性。後兩句以「橙黃橘綠」寫出秋末冬初雖然淒冷，卻有碩果累累，以此勉勵朋友，人生雖有失意愁苦，但只要不放棄努力，依然能夠收之桑榆，有所成就。

古詩詞中的百科

橙

芸香科柑橘屬常綠喬木，橙、橘、柑都屬此類果樹。西漢時，中國就已種植橙子。現在，南方多省都有種植，其中以四川、廣東、台灣最為集中。橙有柳橙、柳丁、臍橙等別稱，品種可分為普通甜橙、臍橙和血橙三大類。橙的果肉含豐富維生素C，還有檸檬酸、果膠等，能生津止渴、促進腸道蠕動、增強免疫力等。

橘

橘是一種常綠喬木，樹高三至四米，樹枝很細，枝上有刺。夏初時開白色的花，6、7月結果，到11、12月果子成熟變為黃色，就是「橘子」。剝開皮後，果肉分成很多瓣，多汁，味道酸甜。中國境內很多地方都產橘子，如溫州蜜橘、黃岩蜜橘、天台蜜橘等。橘皮可製成陳皮，有健脾、化痰、止咳等功效。

陳皮

橙、橘、柑的區別在哪兒？

橘

果皮好剝，種子的胚多屬深綠色。

柑

果實剝皮不如橘好剝，種子的胚為淡綠色。

橙

皮肉不易剝，種子和種胚皆為白色。

世界上最大的荷葉

亞馬遜王蓮是世界上水生植物中葉片最大的植物，屬於睡蓮科。它的葉片直徑可達三米以上，葉面光滑，葉緣上捲。它的葉脈與一般植物的葉脈結構不同，成肋條狀，似傘架，所以有很大浮力，可承受六七十公斤的物體而不下沉。

菊花傲霜

菊花，又名黃花、菊華、秋菊、金蕊等，在中國有三千多年的栽培歷史，至今已有三千餘個品種，如「綠水長流」、「白鷗逐浪」、「木蘭換裝」、「鳳凰展翅」、「鶴舞雲霄」、「五龍鬧海」、「秋風冷豔」等。菊花的適應能力很強，喜涼，較耐寒。菊花傲霜怒放、不畏寒霜欺凌的氣節，體現了中華民族不屈不撓的精神，與梅、蘭、竹並稱「四君子」，比喻高潔的品格。

四大名菊

菊花之中以杭菊、亳菊（亳bó，粵音博）、滁菊（滁chú，粵音除）、懷菊最為有名，有「四大名菊」之稱。用菊花泡茶喝，有助清熱、平肝、明目等。「四大名菊」的藥效略有不同，滁菊因功效較高而被尊為「四大名菊」之首。

延伸學習

《畫菊》
（又名《寒菊》）
宋・鄭思肖

花開不並百花叢，
獨立疏籬趣未窮。
寧可枝頭抱香死，
何曾吹落北風中。

宋・陸游 1125 - 1210年

字號：字務觀，自號放翁

簡介：南宋愛國詩人、詞人、史學家。一生創作了大量作品，詩、詞、文均有很高成就。其詩語言平易曉暢，兼具李白的雄奇奔放與杜甫的沉鬱悲涼，其中深切的愛國情懷對後世影響深遠。

代表作：《關山月》、《書憤》、《金錯刀行》、《農家歎》、《黃州》等

遊山西村
yóu shān xī cūn

mò xiào nóng jiā là jiǔ hún, fēng nián liú kè zú jī tún.
莫笑農家臘酒[1]渾，豐年[2]留客足[3]雞豚[4]。

shān chóng shuǐ fù yí wú lù, liǔ àn huā míng yòu yì cūn.
山重水複疑無路，柳暗花明又一村。

xiāo gǔ zhuī suí chūn shè jìn, yī guān jiǎn pǔ gǔ fēng cún.
簫鼓追隨春社[5]近，衣冠簡樸古風存。

cóng jīn ruò xǔ xián chéng yuè, zhǔ zhàng wú shí yè kòu mén.
從今若許閒乘月，拄杖無時[6]夜叩門。

注釋

1. 臘酒：前一年臘月釀的酒。
2. 豐年：豐收之年。
3. 足：豐盛。
4. 豚：小豬，詩中指豬肉。
5. 春社：古代以立春後第五個戊日為春社日，民間在這一天祭祀土地神和五穀神，祈求豐收。
6. 無時：隨時。

譯文

不要嫌棄臘酒渾濁，豐收之年農家待客的菜餚已足夠豐盛。來時山環水繞重重疊疊，彷彿找不到路了，繞過柳林和花叢後，眼前忽然就出現了村莊。聽見吹簫打鼓的聲音，説明春社的日子近在眼前，穿着簡樸的村民們依然保留着古代風俗。以後如果還有機會乘月色出遊，我定會隨時拄着拐杖來敲門拜訪。

賞析

這是一首記遊抒情詩，詩人以獨特的視角，於動中寫景，以村民盛情待客表現了豐收之年的歡悅景象，展現了鄉村春光明媚的山水景色，透露出其欣喜之情，描繪並讚美了純樸的鄉土風俗，最後詩人強調自己隨時重遊的心願。全詩寓情於景，明快自然，又蘊含深刻的哲理。

古詩詞中的百科

臘酒

臘酒指臘月（農曆十二月）裏手工釀製的米酒，一般要放到來年開春後飲用。米酒的主要原料是江米，也叫糯米。中國民間用優質糯米釀酒，已有上千年的歷史。用蒸熟的江米拌上酒麴，經過三十多個小時的發酵，就可製成甜米酒。米酒的釀製工藝非常簡單，味道香甜醇美，酒精含量極低，看上去有一點渾濁，是農家最為常見的酒水飲品。

臘文化起源

「臘」是古代祭祀祖先和百神的「祭」名。「臘」與「獵」通假，「獵祭」亦為「臘祭」，古人打獵後會用得到的獵物祭祀先祖。而且，古籍裏記載：「臘者，接也；新故交接，故大祭以報功也。」「臘」還有新舊交替、辭舊迎新的意思，因此年終的十二月被叫作臘月，在這新舊交接的歲末祭祀祖先，報告過去一年的活動，與先祖分享豐收的喜悅。

簫

簫是中國民樂樂器之一，分為洞簫和琴簫，皆為單管、豎吹，是一種非常古老的漢族吹奏樂器。簫的音色圓潤輕柔，幽靜典雅，適於獨奏和重奏。它一般由竹子製成，吹孔在上端。按「音孔」數量可分為六孔簫和八孔簫。六孔簫按音孔為前五後一，八孔簫則為前七後一。八孔簫是現代改進後的產物。

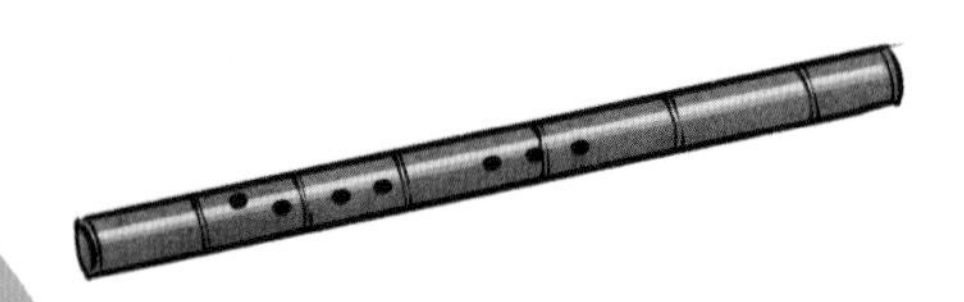

鼓

鼓是一種打擊樂器，鼓身一般為圓桶形，比較堅固，在鼓的一面或雙面蒙上一塊拉緊的膜，然後用手或鼓棒敲擊出聲。鼓在非洲的傳統音樂以及現代音樂中是一種很重要的樂器，有的樂隊完全由以鼓為主的打擊樂器組成。除了作為樂器，鼓在古代還可用來傳遞信息。

春社

春社是中國傳統民俗節日，距今已有二千多年的歷史，唐宋時期最為興盛。起初，春社日沒有固定的日子，自唐宋開始，春社日定為立春後的第五個戊日，約為春分前後。春社日要祭祀社神以祈求豐收，還有飲酒、分肉、賽會、婦女停針線的風俗，同時還有娛樂活動，包括敲社鼓、食社飯、飲社酒、觀社戲等，是傳統民間不可多得的熱鬧節日。春社習俗沿襲到今天，中國南方的部分地區還有在農曆二月初二拜土地公公的習俗。北方地區的二月二龍抬頭，也有一部分習俗來自古時的春社。

山重水複疑無路，柳暗花明又一村

這兩句詩因蘊含深刻哲理而被後世廣為傳誦。詩人寫曲折多變的景色以及感到迷惘的主觀感受，進而點明，前面的路好像沒有了但實際上是有的，景物看似消失了但又再出現在眼前，世間事物消長變化，有自己的規律。後世多用這兩句詩表達逆境中往往蘊含着無限希望，不論前路多麼難行難辨，只要堅定信念，勇於開拓，人生就會有希望，能絕處逢生。

延伸學習

《社日》
唐·王駕
鵝湖山下稻粱肥，
豚柵雞棲半掩扉。
桑柘影斜春社散，
家家扶得醉人歸。

唐・劉長卿 生卒年有多種說法，約 718 - 790 年

字號：字文房

簡介：唐代詩人，曾任隨州刺史。其詩氣韻流暢，意境幽深，婉而多諷。最擅長五言詩，自稱「五言長城」。

代表作：《劉隨州集》

逢雪宿芙蓉山主人
féng xuě sù fú róng shān zhǔ rén

rì mù cāng shān yuǎn
日暮①蒼山遠，

tiān hán bái wū pín
天寒白屋②貧③。

chái mén wén quǎn fèi
柴門④聞犬吠⑤，

fēng xuě yè guī rén
風雪夜歸人。

注釋

1. 日暮：傍晚。
2. 白屋：屋頂覆蓋着白茅的房子，這裏指詩人投宿的是貧苦人家的住所。
3. 貧：簡陋。
4. 柴門：用樹枝等編紮成的門，用來比喻貧苦人家。
5. 犬吠：狗叫。

譯文

天色漸暗，蒼茫的遠山，越發感覺遙不可及。覆蓋着白茅的房子，在天寒地凍中更顯得簡陋單薄。夜半柴門外傳來狗叫聲，應該是晚歸的人回來了。

賞析

這首詩純用白描手法，用筆極其凝練，視角由遠及近，先靜後動，生動展現了夜晚投宿、風雪夜歸的場景。語言樸實無華，格調淡雅清靜，意境深遠。

古詩詞中的百科

「大雪」是農曆二十四節氣中的第二十一個節氣，冬季的第三個節氣，代表仲冬時節正式開始，在公曆 12 月 6 至 8 日之間。《月令七十二候集解》說：「大雪，十一月節。大者，盛也。至此而雪盛矣。」需要注意的是，大雪的意思是天氣更冷，降雪的可能性比小雪時更大了，而並不是指降雪量大。

萬里雪飄

大雪時節經常會有大雪、凍雨、霧霾等天氣現象出現，而中國北方地區此時已經是「千里冰封，萬里雪飄」的景象了。

瑞雪兆豐年

「瑞雪兆豐年」意思是適時的冬雪預示着來年是豐收之年，正如中國現代作家曲波的長篇小說《橋隆飆》寫道：「俗語道：『瑞雪兆豐年』，明年的小麥一定收成好。」

鶡旦不鳴

有記載說鶡旦（鶡hé，粵音渴）就是寒號鳥。天氣寒冷，平時喜歡鳴叫的寒號鳥也不叫了。寒號鳥並不是鳥類，牠又名複齒鼯鼠，是齧齒類動物，棲息於海拔一千二百米左右的針闊混交林，喜在高大的喬木上或陡峭岩壁的裂隙石穴中築巢。

打雪仗

打雪仗是人們在雪中或雪後的一種娛樂方式，大人小孩也喜歡玩。打雪仗所需的場地是一片有足夠積雪的區域。參與者將雪製成雪球，拋向對方，也可以用手捧起一把雪進行近距離的攻擊。

烤地瓜

烤地瓜又名烤紅薯，是用地瓜烤製而成的食品，香甜味美。東北市鎮過往行人較多的街上，常可以聽到「地瓜熱乎哎」的吆喝聲，冬天比較常見。在香港，到了秋冬較寒冷的時節，有流動小販在街頭賣「煨番薯」、鹽焗鵪鶉蛋，還會現場炒栗子，是受歡迎的街頭小吃。

茅屋

「天寒白屋貧」中提到的「白屋」又稱「茅廬」，是指用茅草蓋的房屋，泛指草屋。《左傳 · 桓公二年》記載道：「清廟茅屋。」杜預注：「以茅飾屋，著儉也。」

第一步

搭建框架，在框架外添加橫木，用繩子將橫木兩端與主框架捆綁結實。

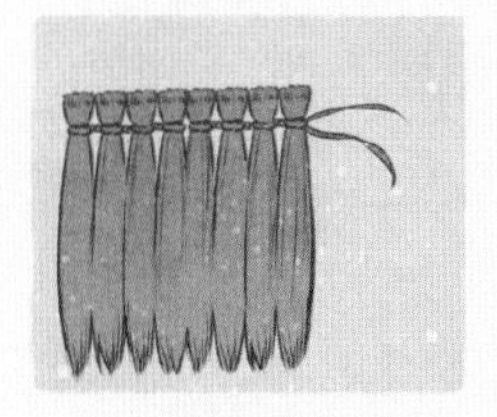

第二步

割草，分成均等分，用繩子捆紮在網格橫木上。編的時候盡量密集一點，以防止滲水。

第三步

按從下往上的順序鋪放茅草，一層壓住一層，用繩或鐵絲將茅草綁紮在檁條上，並用木刷梳理整齊即成。

五言詩

五言詩即五言古詩，是漢、魏時期形成的一種新詩體。它是每句五個字的，但全篇不限句數，沒有一定的格律，不講平仄，用韻也相當自由。它既不同於漢代樂府歌辭，也不同於唐代出現的近體詩（絕句和律詩）。唐代的五言古詩雖源於漢、魏，卻呈現出獨有的風格，具有鮮明的時代特色。

延伸學習

《塞下曲》

唐 · 盧綸

月黑雁飛高，

單于夜遁逃。

欲將輕騎逐，

大雪滿弓刀。

唐・李白 701 - 762 年

字號：字太白，號青蓮居士、「謫仙人」

簡介：唐代浪漫主義詩人，有「詩仙」之譽。性格豪爽，愛好喝酒，喜歡結交朋友，擅長舞劍。與杜甫並稱「李杜」。有《李太白集》傳世。

代表作：《望廬山瀑布》、《行路難》、《蜀道難》、《將進酒》、《早發白帝城》等

獨坐敬亭山
dú zuò jìng tíng shān

zhòng niǎo gāo fēi jìn
眾鳥高飛盡①，

gū yún dú qù xián
孤雲獨去閒②。

xiāng kàn liǎng bú yàn
相看兩不厭③，

zhǐ yǒu jìng tíng shān
只有敬亭山。

注釋

❶ 盡：消失。

❷ 閒：悠閒。

❸ 厭：厭倦。

譯文

空中的羣鳥越飛越遠，漸無蹤影，孤獨的雲彩悠閒自在，慢慢飄走了。能與我深情對視怎麼都看不夠的，只有敬亭山了。

賞析

這首五言絕句通過寫獨坐敬亭山的情趣，表達了詩人的孤獨感。詩人用飛鳥和孤雲的「動」，反襯自己獨坐和敬亭山的「靜」，以自我的深情觀照自然，彷彿感受到了敬亭山的深情，將敬亭山擬人化，把它當作跟自己情投意合的朋友，顯得生動傳神。

古詩詞中的百科

鳥的遷徙

一年中鳥類會隨着季節變化，定期沿相對固定的路線，在繁殖地和越冬地（或新的覓食地）之間進行遠距離移動。鳥類的遷徙，一般都是因為要尋找食物和避開嚴寒。

遷徙的形式

在兩個地區之間遷飛的鳥，根據遷徙途徑覆蓋的面積，可分為寬面遷徙和窄面遷徙兩種形式。寬面遷徙是指某些本身分布範圍很廣的鳥類，朝着基本一致的方向向目的地遷徙，不同個體之間可以相距很遠，整個遷徙徒徑覆蓋很大的面積。窄面遷徙就是指某些棲息在廣泛範圍的鳥類，沿着基本相同的路線遷徙，整個遷徙徒徑覆蓋的面積很小。

遷徙中的鳥一般會成羣行動，在遷飛時有固定的隊形，包括人字形、一字形和封閉羣。在遷飛時保持一定的隊形，可以有效地利用氣流，減少體力消耗。

不只鳥類懂得遷徙

魚類、哺乳動物、昆蟲等為了繁殖、覓食或者適應氣候變化，都有可能進行一定距離的遷徙。例如三文魚幼年時在河流裏生活，漸漸游向大海，長大後會洄遊到出生地產卵繁殖。

為什麼雲朵會動？

簡單來說，雲受到風吹的時候，就會移動。由於太陽在地表輻射得不均勻，各地受熱情況不同，使空氣温度出現差別，例如市區一般比郊區高温。市區的熱空氣膨脹上升，附近郊區較冷的空氣會流過來填補，空氣的流動就形成了風。天上的雲會隨着風的速度和方向出現變化。

另外，在北半球，地球表面的空氣還跟隨地球自西向東轉動。地球在公轉、自轉的過程中，與環繞在地球周圍的大氣產生了「地轉偏向力」（又稱科里奧利力），使北半球的風向右偏轉。

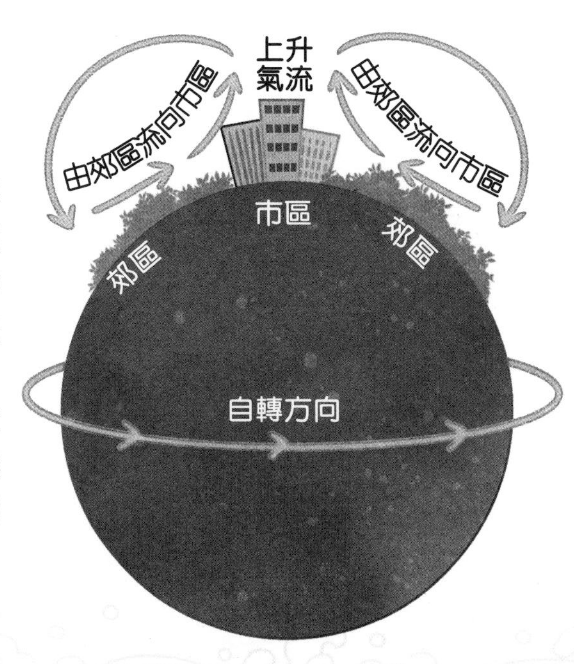

江南詩山——敬亭山

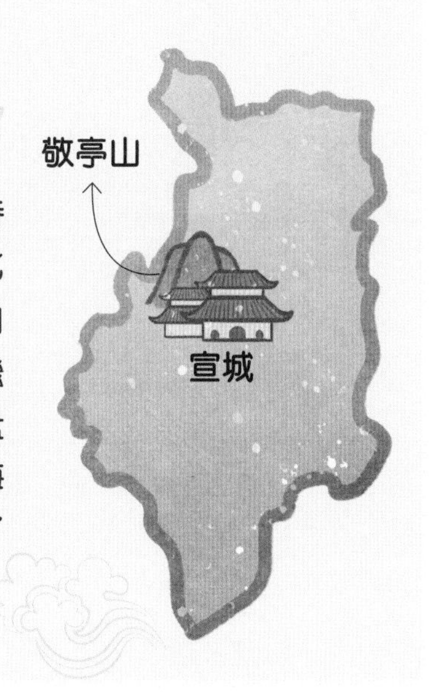

敬亭山位於安徽省宣城市區北郊，原名昭亭山，西晉時為避晉文帝司馬昭的名諱，改稱敬亭山。敬亭山是一座文化名山，南朝謝朓曾寫過一首五言山水詩《遊敬亭山》。李白七次登臨，並留下「相看兩不厭，只有敬亭山」的名句。繼謝、李之後，唐代白居易、杜牧、韓愈、劉禹錫、王維、孟浩然、李商隱、顏真卿、韋應物、陸龜蒙，宋代蘇東坡、梅堯臣等都曾慕名登臨，吟詩作賦，繪畫寫記，使敬亭山有了「江南詩山」的美名。

審美疲勞

與詩中所說「相看兩不厭」相反的就是審美疲勞的現象。審美疲勞原本是美學術語，具體表現為對審美物件的興奮減弱，不再產生較強的美感，甚至對其產生厭棄心理。現指在生活中對某些人或事物失去興趣，甚至產生厭煩、厭倦或麻木的感覺。看久了變得「相看兩相厭」，就是這種情況。

延伸學習

清·納蘭性德 1655 - 1685年

字號：字容若，號楞伽山人

簡介：清朝初年詞人，文武兼善，曾在康熙皇帝身邊當侍衛，多次隨君出巡。他的詞以「真」取勝，也多幽怨之情，在清代詞壇享有很高聲譽。

代表作：《菩薩蠻》、《清平樂》、《長相思》、《木蘭花令·擬古決絕詞》等

長相思
(cháng xiāng sī)

山一程，水一程，身向榆關[1]那畔[2]行，
(shān yì chéng, shuǐ yì chéng, shēn xiàng yú guān nà pàn xíng,)

夜深千帳燈[3]。
(yè shēn qiān zhàng dēng.)

風一更[4]，雪一更，聒[5]碎鄉心夢不成，
(fēng yì gēng, xuě yì gēng, guō suì xiāng xīn mèng bù chéng,)

故園無此聲。
(gù yuán wú cǐ shēng.)

注釋

1. 榆關：即今天的山海關。
2. 那畔：那邊，指關外。
3. 千帳燈：帳，帳篷。千帳形容軍營中帳篷之多。千帳燈指皇帝出巡臨時紮營的行帳中的燈火。
4. 更：舊時夜間計時單位。一夜分五更，每更大約兩小時。更 gēng，粵音耕。
5. 聒：聲音嘈雜之意，這裏指風雪聲。聒 guō，粵音括。

譯文

隨同護駕的千軍萬馬一路跋山涉水，向山海關進發。夜晚，營帳中燃起了盞盞燈火。深夜時分，帳篷外風狂雪驟，陣陣風雪聲讓人無法入眠，更不能夢回故鄉了，因為故鄉沒有這樣的風雪聲啊！

賞析

這首詞以白描手法於寫景中寄寓思鄉情懷，直抒胸臆，格調清淡，語言樸素，毫無雕琢痕跡。國學大師王國維評價此詞「自然真切」。

古詩詞中的百科

八旗制度

本詩作者納蘭性德是滿族人，八旗子弟（正黃旗）。八旗是滿族的社會組織形式，最初具有軍事、生產和行政三方面的職能，對早期滿族社會經濟的發展起到了促進作用。八旗分為正黃、鑲黃，正白、鑲白，正紅、鑲紅，正藍、鑲藍。起初只有滿洲人入旗，後來加入蒙古和漢族人，所以當中還分蒙古旗、漢軍旗和滿洲旗。

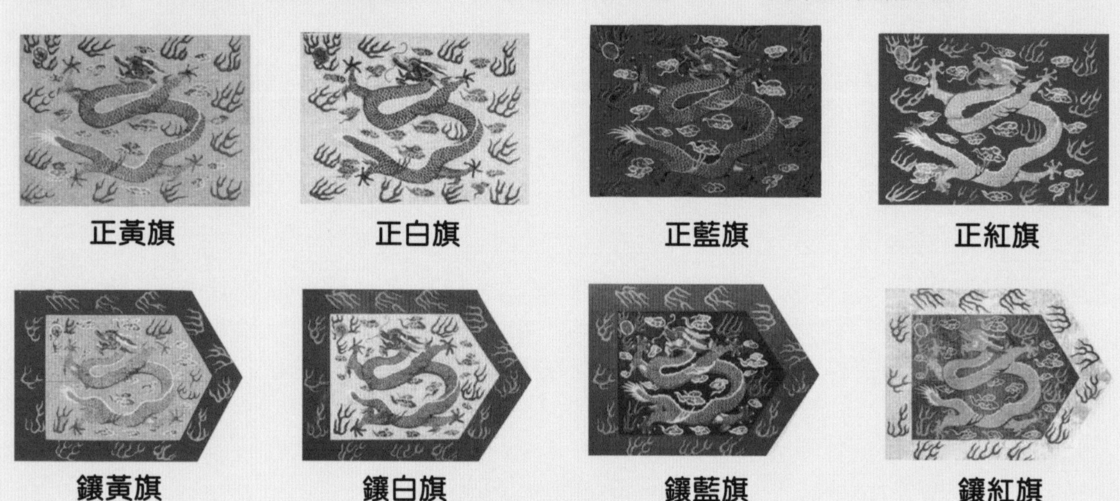

為什麼叫「旗」？

八旗制度最初源於滿洲（女真）人的狩獵組織，狩獵時需要多人結伴而行，於是組成「牛錄」，由狩獵隊首領「牛錄額真」統一指揮。在對外防禦與征伐過程中，這種狩獵組織逐漸具有了軍事職能。後來，又由幾個狩獵組織合併組成更大的團隊，並以旗幟為標誌。滿語的旗幟為「固山」，漢語稱之為「旗」。

八旗還分為上三旗下五旗

八旗本無高低之分。清軍入關前，八旗中的正黃、鑲黃兩旗由汗王（皇帝）直接統領，其他六旗分別由汗王的子姪統領。順治親政後將原屬多爾袞的正白旗納入皇帝管轄範圍。入關後開始有上三旗（鑲黃、正黃、正白）、下五旗之分，其中，上三旗較下五旗為崇，是皇帝的親兵，而鑲黃旗又稱頭旗。

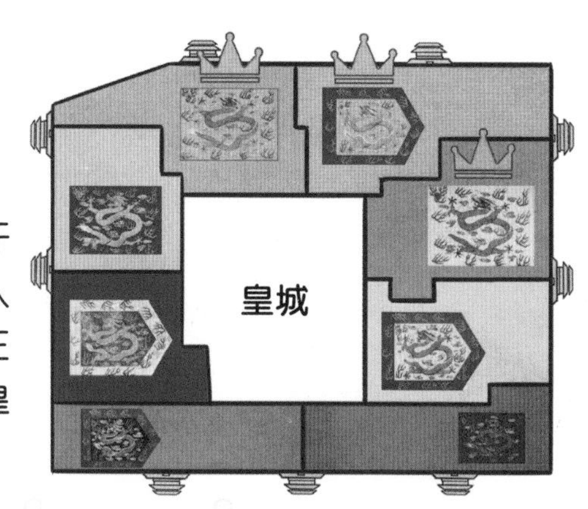

天下第一關：山海關

文中的榆關即是山海關，又稱渝關、臨閭關，位於河北省秦皇島市東北十五公里處，是明長城的東北關隘之一，在1990年以前被認為是明長城東端的起點，有「天下第一關」、「邊郡之咽喉，京師之保障」等稱謂，也是中國長城「三大奇觀之一」（東有山海關、中有鎮北台、西有嘉峪關），聞名天下。山海關城周長約四千米，與長城相連，以城為關，城高十四米，厚七米，有四座主要城門，多種防禦建築。「關內」、「關外」的說法，就是以山海關為界。

長相思

「長相思」是詞牌名。原為樂府舊題，南朝蕭統、陳後主等都有相關詩作，多用來抒寫離別相思之情。以白居易創作的《長相思．汴水流》為正體，由三字句、七字句、五字句這樣的句式組成，每句用韻，共三十六字。

延伸學習

宋・郭熙 約1000－約1090年

字號：字淳夫

簡介：北宋畫家、繪畫理論家。擅長畫山水，注重深入體察生活，能真實、細緻、微妙地表現出不同地區、季節、氣候的特點。

代表作：《早春圖》、《關山春雪圖》、《幽谷圖》、《古木遙山圖》等

四時之風・冬
sì shí zhī fēng dōng

dōng fēng sì hǔ kuáng
冬風似虎狂，

shū zhāi jiē yǎn chuāng
書齋[1]皆掩窗。

zhěng rì hū hū xiǎng
整日呼呼響，

niǎo què jìn qián cáng
鳥雀盡潛藏[2]。

注釋

1. 書齋：書房。
2. 潛藏：隱藏。

譯文

冬天的風像狂怒的老虎，書房的窗戶全部都要關嚴。寒風整天呼呼地颳着，鳥雀全都藏起來，不見了蹤影。

賞析

這首小詩以淺白的語言，生動描繪出了冬天寒風的凜冽之勢。

古詩詞中的百科

留鳥如何過冬？

與候鳥相對應的，是留鳥，牠們通常終年在其出生地生活及繁殖，不會跟隨季節變化而遷徙，世界各地均有此類鳥。中國的典型留鳥有麻雀、烏鴉、白頭翁、喜鵲、畫眉、魚鷹、啄木鳥、鷹等。鳥類在冬天會有選擇地吃熱量更高的食物，小型鳥類還會在溫暖的季節存下「儲備糧」。

蓬鬆的鳥羽
保暖性能極佳的「羽絨服」，鎖住空氣避免熱量流失。

鳥腿
纖細腿腳，減少跟外界接觸的面積，減少熱量散失。

細小的絨毛
有些鳥類在冬季會長出更多的毛，加強保溫效能。

名人的書房

書房，即詩中的「書齋」，是專門放書、儲藏書的地方，也是古代知識分子在這裏寫字、畫畫的地方。古代文人騷客都喜歡給自己心愛的書房取一個「昵稱」，比如唐代「詩豪」劉禹錫的「陋室」、南宋著名文學家兼愛國詩人陸游的「老學庵」、清代文學家蒲松齡的「聊齋」。

郭熙的《林泉高致》

《林泉高致》是本詩作者郭熙關於山水畫創作的一篇經驗總結，由其子郭思整理而成。在中國古代繪畫理論史上，郭熙最早明確而具體地提出，山水畫家應當廣泛吸取前人創作經驗，仔細觀察大自然，將人的感情與自然景物相交融，感受「春山淡冶而如笑，夏山蒼翠而欲滴，秋山明淨而如妝，冬山慘澹而如睡」的情態之美。

在山水取景構圖上，郭熙還創立了「三遠說」：自山下而仰山巔，謂之「高遠」；自山前而窺山后，謂之「深遠」；自近山而望遠山，謂之「平遠」，從理論上闡明了中國山水畫所特有的三種不同的空間處理方法，以及由此產生的意境之美。

四時之風．春、夏、秋

郭熙的《四時之風》共有四首，分別描繪了春風、夏風、秋風、冬風的不同形態。除了本詩《四時之風．冬》之外，其餘三首詩如下：

《四時之風．春》

春風能解凍，
和煦催耕種。
裙裾微動搖，
花氣時相送。

《四時之風．夏》

夏風草木熏，
生機自欣欣。
小立池塘側，
荷香隔岸聞。

《四時之風．秋》

秋風雜秋雨，
夜涼添幾許。
颼颼不絕聲，
落葉悠悠舞。

唐・杜甫 712 - 770 年

字號：字子美，自號少陵野老

簡介：唐代現實主義詩人，有「詩聖」之稱。與李白合稱「李杜」。杜甫平生官場不得志，一輩子顛沛流離，卻始終憂國憂民。他的詩反映社會現實，有「詩史」之稱。今存詩歌約一千五百首，多收錄於《杜工部集》。

代表作：《北征》、《春望》、《登高》等

小至[1]
xiǎo zhì

tiān shí rén shì rì xiāng cuī，dōng zhì yáng shēng chūn yòu lái。
天時人事日相催，冬至陽生[2]春又來。

cì xiù wǔ wén tiān ruò xiàn，chuī jiā liù guǎn dòng fú huī。
刺繡五紋[3]添弱線，吹葭[4]六琯[5]動浮灰[6]。

àn róng dài là jiāng shū liǔ，shān yì chōng hán yù fàng méi。
岸容待臘[7]將舒柳，山意衝寒欲放梅。

yún wù bù shū xiāng guó yì，jiào ér qiě fù zhǎng zhōng bēi。
雲物[8]不殊[9]鄉國異，教兒且覆[10]掌中杯。

注釋

1. 小至：冬至的前一天。
2. 陽生：天氣轉暖。
3. 五紋：五彩繡線。
4. 葭：蘆葦的嫩苗。葭 jiā，粵音加。
5. 琯：一種六孔橫笛。琯 guǎn，粵音管。
6. 動浮灰：灰塵飛動。
7. 臘：臘月，農曆十二月。
8. 雲物：景物氣候。
9. 不殊：相同。
10. 覆：傾倒。

譯文

季節、天氣和生活每天都在發生變化，一轉眼又到冬至了，天氣將漸漸回暖，春天就要來了。白天越來越長，繡花的女子可以多做些活了，笛管中的蘆葦灰也飄出來了。河堤好像在等待臘月過去，好讓柳樹發出新芽，山也像要衝破寒氣，讓梅花綻放。雖然客居他鄉，但這裏的情形與老家差不多，心中感到高興，叫小兒飲盡杯中酒，不要辜負了眼前美景。

賞析

冬至是冬季的第四個節氣、全年的第二十二個節氣，詩人盼着冬天過去，春天來臨，這時，人情世故以及自然景物都會發生一系列的變化，對此詩人充滿了欣喜之情。

古詩詞中的百科

「冬至」是一年中的第二十二個節氣，在公曆12月21至23日之間。這一天北半球太陽最高、白天最短。古代民間有「冬至大如年」、「冬至大過年」之說，在中國北方地區，冬至這一天有吃餃子的習俗，而南方沿海部分地區至今仍延續着冬至祭祖的傳統習俗。

北斗指北

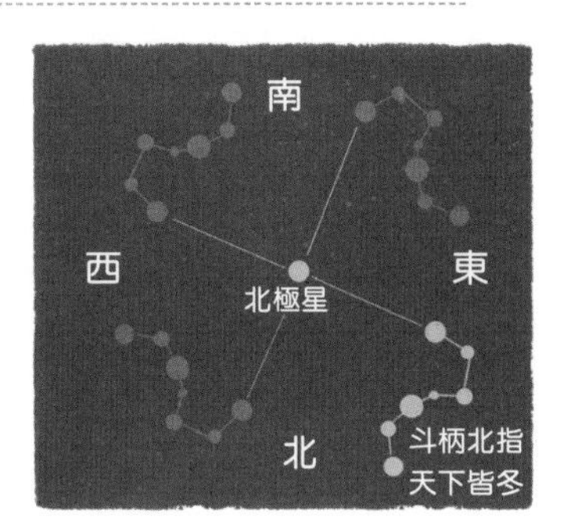

冬至這天，太陽運行至黃經270°（冬至點），太陽直射地面的位置到達一年中的最南端，太陽幾乎直射南回歸線（又稱冬至線），陽光在北半球最為傾斜。在夜晚觀察北斗七星時，會發現斗柄指向了北方。

冬九九

冬九九又稱數九，古人認為過了冬至日的九九八十一日，春天就會到來。有說是從冬至那天開始數，也有說是從冬至之後的第一個「壬日」（中國古代曆法中用天干地支來表示的日子）開始，每九日為一個「九」，數到「九九」八十一日，「九盡桃花開」，天氣就變暖了。中國傳統文化中，「九」有最大、最多的含義。九個九即八十一更是「最大不過」的數。

吃餃子

人們在冬至這天吃水餃，是為了紀念東漢「醫聖」張仲景。當時正值冬天，張仲景辭官回鄉行醫，他見到鄉親們又凍又餓，有的更凍得耳朵爛掉了，於是他在冬至這天煮了「祛寒嬌耳湯」派給大家吃。大家吃完渾身暖和，凍傷的耳朵也好了。後來人們模仿「嬌耳」的樣子做成水餃，留下了冬至吃餃子的習俗。

九九消寒圖

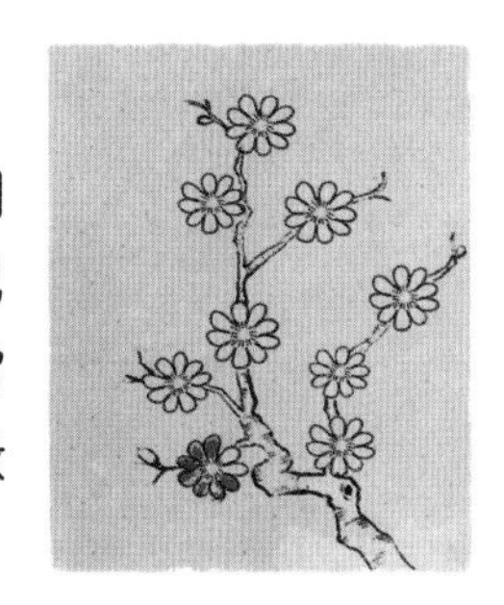

消寒圖是記載入冬以後天氣陰晴的「日曆」，一共有九九八十一個單位，因此得名。玩的人可畫素梅一枝，梅花花瓣共計八十一片，每天把一片花瓣塗上顏色，連數九個九天，都填滿顏色之後，冬天就過去了。當天天氣會影響塗的顏色或方法，一說晴天塗紅色，陰天塗藍色，雨天塗綠色等，也有說是「上塗陰下塗晴，左風右雨雪當中」。

動浮灰

「動浮灰」是古人預測節氣變化的一種方法。先將蘆葦莖稈上的薄膜剝下燒成細灰，然後塞進笛孔中，再把笛子埋進土裏，臨近冬至才取出。據說冬至當天，笛管中的蘆葦灰會自己飄出來。

燒蘆葦

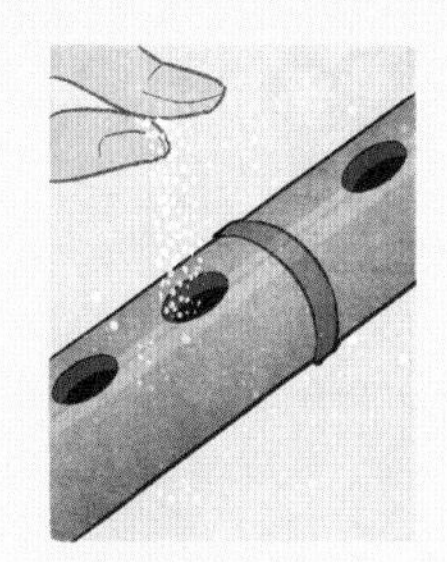

把灰放進笛孔

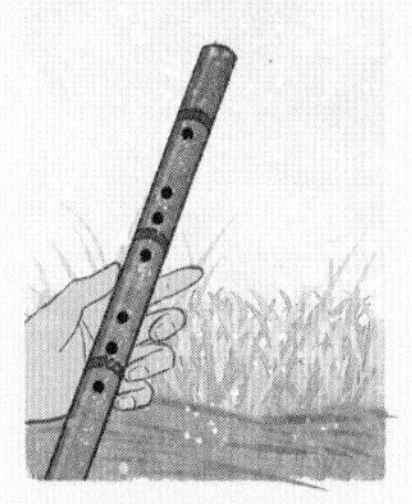

從土裏拿出笛子

臘月

農曆十二月又叫「臘月」，起源於秦漢時期。因為在十二月要舉行盛大的「臘祭」，即祭祀眾神的儀式，所以稱為臘月。

詩聖

本詩作者杜甫對中國古典詩歌的影響非常深遠，被後人稱為「詩聖」，他的詩則被稱為「詩史」。後世稱其杜拾遺、杜工部，也稱杜少陵、杜草堂。

延伸學習

《邯鄲冬至夜思家》
唐·白居易

邯鄲驛裏逢冬至，
抱膝燈前影伴身。
想得家中夜深坐，
還應説着遠行人。

宋・楊萬里 1127 - 1206 年

字號：字廷秀，號誠齋

簡介：南宋名臣，著名文學家、詩人，與陸游、尤袤、范成大並稱為「中興四大詩人」。宋光宗趙惇曾為其題寫「誠齋」二字。一生著作頗豐，大多描寫自然景物，也有不少反映民生疾苦，抒發愛國情懷的作品。

代表作：《小池》、《曉出淨慈寺送林子方》等

舟過安仁
zhōu guò ān rén

yí yè yú chuán liǎng xiǎo tóng
一葉漁船兩小童，

shōu gāo tíng zhào zuò chuán zhōng
收篙停棹①坐船中。

guài shēng wú yǔ dōu zhāng sǎn
怪生②無雨都張傘，

bú shì zhē tóu shì shǐ fēng
不是遮頭是使風③。

注釋

1. 棹：船槳。棹 zhào，粵音驟。
2. 怪生：怪不得。
3. 使風：讓風來幫忙。

譯文

一隻漁船上有兩個小孩子，他們收起竹竿，停下船槳，坐在船中。怪不得沒下雨他們都打開了傘，原來不是為了遮雨，而是把傘當成帆讓船往前走啊。

賞析

楊萬里的田園詩善於描寫兒童的稚態，以此點化詩境。這一整首詩都在寫兒童的稚氣行為，淺白如話，充滿童趣。

古詩詞中的百科

划船工具的古今稱謂

篙

用作名詞時，指用竹竿或杉木等製成的撐船工具；用作動詞時，指用篙撐船。

棹

長的船槳。《韻會》：「短曰楫，長曰棹。」

楫

短的划船工具。楫jí，粵音接。

櫓

安在船邊像魚鰭那樣划動的船槳。

傘

「怪生無雨都張傘」中提到的傘，最早是中國人發明的。早在遠古的黃帝時代已有「華蓋」，後來演變為皇帝和官員車輦上的「蓋」或「羅傘」。至於百姓使用的傘，民間有種種傳說。據說在春秋時期，魯班在鄉間為百姓做活，妻子雲氏為他送飯，遇上雨天就常要淋雨。雲氏忽發奇想：「要是隨身有個小亭子就好了」。於是，他們用竹條做出雨傘的雛型，蒙上獸皮，使它收起來時像棍子，張開時如古代車上的傘蓋。

英國紳士出行必備

英國天氣多變，一日之內，時晴時雨。為了防止淋雨，雨傘成了英國人手必備的出行物品。頭戴帽子、手持雨傘，是英國紳士的典型形象。他們把長柄傘當作手杖用，顯得優雅莊重，也方便他們為女士撐傘遮雨，照顧女士，展現紳士風度。

安仁

詩中的安仁，指今天的江西省鷹潭市餘江區。餘江在北宋時為安仁縣，1914年，因與湖南省安仁縣同名而改為餘江縣，2018年改為餘江區。楊萬里曾任江東轉運副使，江西安仁就在江東轉運使管轄範圍之內，《舟過安仁》是他在轄區內巡行時所作，一共五首，本詩是第三首。

另外，餘江是中國近代著名記者和出版家鄒韜奮的故鄉。

鄒韜奮（1895 - 1944 年）

本名恩潤，祖籍江西餘江區潢溪鄉，中國近代記者和出版家。1926年，任《生活》周刊主編，取筆名「韜奮」，以筆救國。1936年在香港創辦《生活日報》，後來回去上海。同年11月，國民黨逮捕了正在領導抗日救亡運動的救國會領導人沈鈞儒、鄒韜奮等七人，稱為「七君子事件」。鄒韜奮出獄後，輾轉於重慶、漢口、香港繼續開展愛國救亡工作。1944年因病去世。

含蓄的愛國詩人

本詩作者楊萬里的絕大部分愛國憂時詩篇，都不像陸游那樣奔放、直露，而是壓抑胸中的萬丈狂瀾，如凝蘊地底的千層熔漿。他的許多詩作都寫得曲折多諷，意味深長，蘊含着對國家殘破、中原未復的深沉鬱憤。

延伸學習

《詩經》

作者：佚名。相傳為春秋時期的尹吉甫採集、孔子編訂。

年份：西周初年至春秋中期（前11世紀至前6世紀）

簡介：中國最早的詩歌總集，是古代詩歌的開端。收集詩歌約三百一十一篇，其中六篇為笙詩，只有標題，沒有內容。

cǎi wēi jié xuǎn
采薇（節選）

xī wǒ wǎng yǐ

昔①我往②矣，

yáng liǔ yī yī

楊柳③依依④。

jīn wǒ lái sī

今我來思⑤，

yù xuě fēi fēi

雨⑥雪霏霏⑦。

注釋

❶ 昔：從前。

❷ 往：當初。

❸ 楊柳：指垂柳。

❹ 依依：形容柳枝隨風拂動的樣子。

❺ 思：用在句末，沒有實際意義。

❻ 雨：這裏作動詞，下雨。雨 yù，粵音預。

❼ 霏霏：（雪花）紛紛揚揚。霏 fēi，粵音飛。

譯文

當年出征時，正值春天，楊柳依依，隨風拂動。如今返鄉時，已是冬季，雨雪紛紛，漫天飛舞。

賞析

《采薇》是一首描寫守疆士兵返鄉的詩，詩題「采薇」是指士兵採摘野菜來充飢，可見行軍生活艱苦。全詩以士兵的口吻，訴說從軍將士的艱辛和思鄉情懷。這裏節選的四句，是詩中較後段的內容，寫士兵回憶當初出征的情況（春天），與現今回鄉的情況（冬天）作對比，可見時間的流逝，既是寫景記時，也是在抒發傷感的情懷。

古詩詞中的百科

采薇

采薇指採摘野菜。薇是豆科野豌豆屬的一種，學名叫救荒野豌豆，多年生草本植物，又叫大巢菜或野豌豆。灌木狀，全株被白色柔毛。根莖粗壯，表皮深褐色，近木質化。結長圓形或菱形莢果，表皮紅褐色，其中有種子五六粒。花紫紅色或白色，種子、莖、葉均可食用。華北、陝西、甘肅、河南、湖北、四川、雲南等地可見。

中國的野菜文化

中國食用野生蔬菜的歷史悠久，野菜資源豐富、分布廣泛，且有深厚的文化底蘊。「野菜」是可以作蔬菜或用來充飢的野生植物的統稱，廣義上包括野生食用菌，如黑松露、羊肚菌、松茸等。野菜在中國歷代都看作是災荒年間的救急食物，不少古籍裏都有記載。

楊柳的含義

詩中的楊柳，既描繪了士兵離開故鄉時的景色，也點出了出征的時節——春天。中國古代很早就有折柳送別的習俗，「柳」與「留」諧音，折柳有留客的意思。折柳送別既寓意着綿綿思念，也寄託了出征的人與親人盼望重聚的美好願望。可以說是從《詩經》開始，「柳」在中國古典詩文中成了離別的象徵。

詩經

在先秦時期稱為《詩》或《詩三百》。西漢時成為儒家經典，始稱《詩經》。《詩經》分為《風》、《雅》、《頌》三部分，內容包括當時的勞動與愛情、戰爭與徭役、壓迫與反抗、風俗與婚姻、祭祖與宴會，以及天象、地貌、動物、植物等，是反映周代社會生活的一面鏡子。

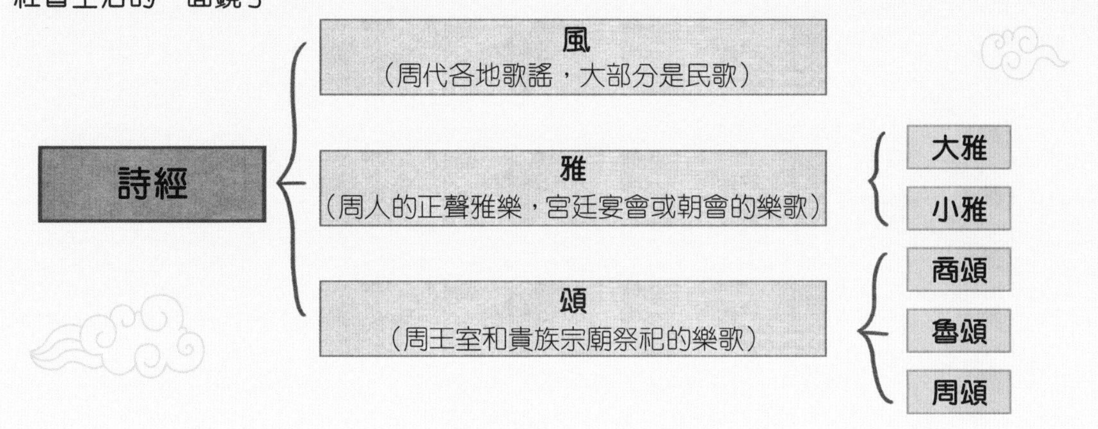

《詩經》的作者

《詩經》作者大都無法考證，相傳是春秋時期的尹吉甫採集、孔子編訂而成。據說，周代的採詩官每年春天都會到民間收集歌謠，把一些能夠反映人民歡樂疾苦的作品，整理後交給太師譜曲，再演唱給周天子聽，以作為施政的參考。《詩經》裏大都是這樣沒有記錄姓名的民間作品，而另一部分是周代貴族文人的作品，如周公旦的《豳風》（豳bīn，粵音奔）。

延伸學習

清・鄭板橋　1693 - 1766 年

字號：原名鄭燮（xiè，粵音舌），字克柔，號理庵，又號板橋，人稱板橋先生

簡介：清代書畫家、文學家，「揚州八怪」之一。曾當官，頗有政績，後來客居揚州，賣畫為生。擅畫蘭、草、竹、石、松、菊等，其中蘭、竹最為有名，其詩、書、畫被稱為「三絕」。著有《板橋全集》。

代表作：《修竹新篁圖》、《清光留照圖》等

竹石
zhú shí

yǎo dìng qīng shān bú fàng sōng
咬定①青山不放鬆，

lì gēn yuán zài pò yán zhōng
立根②原在破岩③中。

qiān mó wàn jī hái jiān jìn
千磨萬擊還堅勁④，

rèn ěr dōng xī nán běi fēng
任爾⑤東西南北風。

注釋

❶ 咬定：比喻根紮得結實。
❷ 立根：紮根，生根。
❸ 破岩：岩石的縫隙。
❹ 堅勁：堅強有力。
❺ 爾：你。

譯文

竹子像咬住青山一樣絲毫不放鬆，它的根牢牢紮在岩石縫隙中。經歷千萬次的磨煉和打擊，依然堅強挺拔，不論颳什麼風，它都能經受得住。

賞析

這是一首詠物詩，詩人託物言志，着力表現岩竹在惡劣環境下，無所畏懼、積極樂觀的精神風貌。瘦勁的竹子在石縫中挺立，堅韌不拔，遇風不倒。詩人借竹表現自己勇敢面對現實，絕不屈服的頑強品質。

古詩詞中的百科

竹子是草不是樹

竹其實是草本植物。分辨木本植物和草本植物，可以看它們是否有年輪。把竹子鋸斷，裏面是空的，並沒有一圈圈的年輪，所以竹子不是樹。

竹子

竹子是空心的，這是因為它的外面部分長得特別快，但內部生長速度卻無法追上。

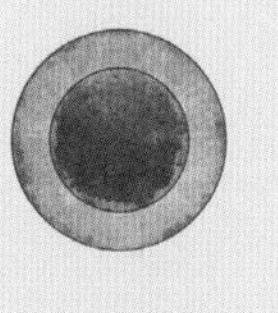

大樹

樹墩的橫斷面是一圈圈的同心環紋狀年輪。這些年輪的深淺，是由於樹木的形成層每年生長速度的不同而產生的，常見於温帶的喬木與灌木，通常每年一輪。

麻煩的竹子根

竹子的地下部分很強壯，而且根系的蔓延速度很快，很難除掉。這對農田裏農作物的生長有很大的侵害性，因此，人們會用不同方法抑制竹子的生長，例如挖溝渠或用水泥圍邊，將竹子限制在指定範圍內，不得再向外蔓延。

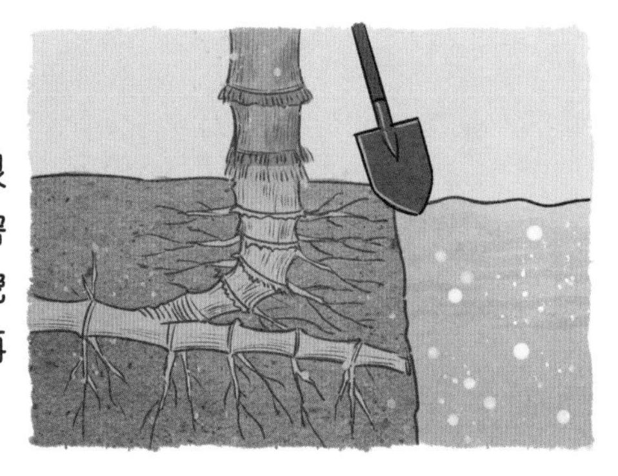

四君子

梅、蘭、竹、菊被譽為「四君子」，是由於明代黃鳳池輯有《梅竹蘭菊四譜》，自此為人沿用。人們常用「四君子」來寓意人高尚的品德，其品質分別是：傲、幽、澹、逸。「花中四君子」是中國人借物喻志的象徵，也是詠物詩文和文人字畫中常見的題材。

梅

蘭

竹

菊

鄭板橋軼事：頗有罵名

本詩作者鄭板橋棄官後回到揚州賣字畫，求畫的人非常多。但他最厭惡那些附庸風雅的暴發戶，即使這些人出再高的價錢，設下酒肉飯局，也很難買到他的字畫。

有一次他為朋友作畫，在題字時坦率地寫下：「終日作字作畫，不得休息，便要罵人。三日不動筆，又想一幅紙來，以舒其沉悶之氣，此亦吾曹之賤相也。索我畫，偏不畫，不索我畫，偏要畫，極是不可解處，然解人於此，但笑而聽之。」

揚州八怪

「揚州八怪」指清代康熙中期至乾隆末年，活躍在揚州地區的一批風格相近的書畫家，也稱為「揚州畫派」。這「八怪」歷來有不同說法，有十五人被歸入「揚州八怪」，所以「八」也可視為一個約數，可能並不止八個人。不過，公認的「八怪」包括金農、鄭板橋、黃慎、李鱓、李方膺、汪士慎、羅聘、高翔。他們的畫風與當時流行的傳統畫風不一樣，而且個人行為異於常規，所以有「八怪」之名。

延伸學習

《竹里館》
唐・王維

獨坐幽篁裏，
彈琴復長嘯。
深林人不知，
明月來相照。

唐・孟郊 751 - 814年

字號：字東野

簡介：唐代詩人，近五十歲才做官，常年顛沛流離，其詩多自憐自哀，書寫蒼生苦難。與賈島齊名，有「郊寒島瘦」之稱。

代表作：《遊子吟》、《結愛》、《登科後》、《列女操》等

苦寒吟（節選）
kǔ hán yín（jié xuǎn）

tiān hán sè qīng cāng
天寒色青蒼①，

běi fēng jiào kū sāng
北風叫枯桑②。

hòu bīng wú liè wén
厚冰無裂文③，

duǎn rì yǒu lěng guāng
短日④有冷光。

注釋

❶ 青蒼：深青色，經常用來形容天空、樹木或山水的顏色。

❷ 桑：桑樹。

❸ 裂文：裂紋，裂痕。

❹ 短日：冬天的白晝，因為時長短於黑夜，所以叫做短日。

譯文

寒冷使得天色更加陰沉，北風在枯萎的桑樹林中呼嘯。江河結了厚厚的冰，見不到裂紋，短暫的白晝裏，陽光彷彿都是冰冷的。

賞析

苦寒即為寒冷所苦。全詩用冷光、冷色、冷風、寒冰，強化了寒冷的意境，字字句句滲透着無盡寒意。孟郊一生生活貧困，他的詩也多感傷自身飢寒交迫、窮愁困苦的處境。這首詩既是寫冬日之景，也是寫詩人自己悲涼的一生。

古詩詞中的百科

「小寒」是農曆二十四節氣中的第二十三個節氣，也是冬季的第五個節氣，代表冬季的正式到來，一般在公曆 1 月 5 至 7 日之間。來到小寒，冷空氣南下，各地氣温持續下降。根據中國的氣象資料，在北方地區，小寒是氣温最低的節氣，只有少數年份的大寒氣温會低於小寒，南方地區的小寒則可能不及大寒低温。

雪地遊戲

大雪過後，孩子們找來一塊木板，繫上粗繩子，就製成了一個簡易的滑雪車。

喜鵲築巢

古人認為寒冬來了，表示春天也快近了，禽鳥能比人類更早感覺到陽氣在動，所以喜鵲開始築巢迎接春天。喜鵲在中國多個地方都能見到，築巢由雌雄鳥共同承擔。喜鵲巢主要由枯樹枝構成，遠看似一堆近似球形的亂枝。

臘八粥

小寒時節有一個重要的節日——臘八節。農曆臘月初八，古人在這天祭祀祖先和神靈，祈求豐收吉祥，也有喝臘八粥的習俗，並流傳至今。

春節童謠

俗話說，過了臘八就是年。中國民間有一首關於過年習俗的《春節童謠》：

小孩小孩你別饞， 過了臘八就是年。
臘八粥，喝幾天， 哩哩啦啦二十三。
二十三，糖瓜粘， 二十四，掃房子。
二十五，磨豆腐。 二十六，去買肉。
二十七，宰公雞。 二十八，把麪發。
二十九，蒸饅頭。 三十晚上熬一宿， 初一初二滿街走。

桑樹

桑樹是落葉喬木或灌木，喜歡溫暖濕潤的環境，它在中國文學作品中常與梓樹組成「桑梓」一詞，喻指家鄉、故土。桑葉是桑蠶最愛吃的飼料，含有較高的氨基酸，可供蠶寶寶合成蛋白質，蠶絲就是一種蛋白質。桑樹果熟期是6至7月，名為桑葚，味甜多汁，是常見的水果，有生津止渴、潤腸通便等功效。

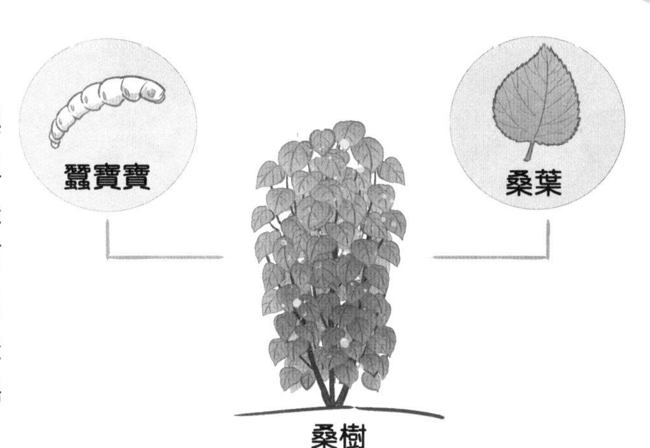

晝短夜長

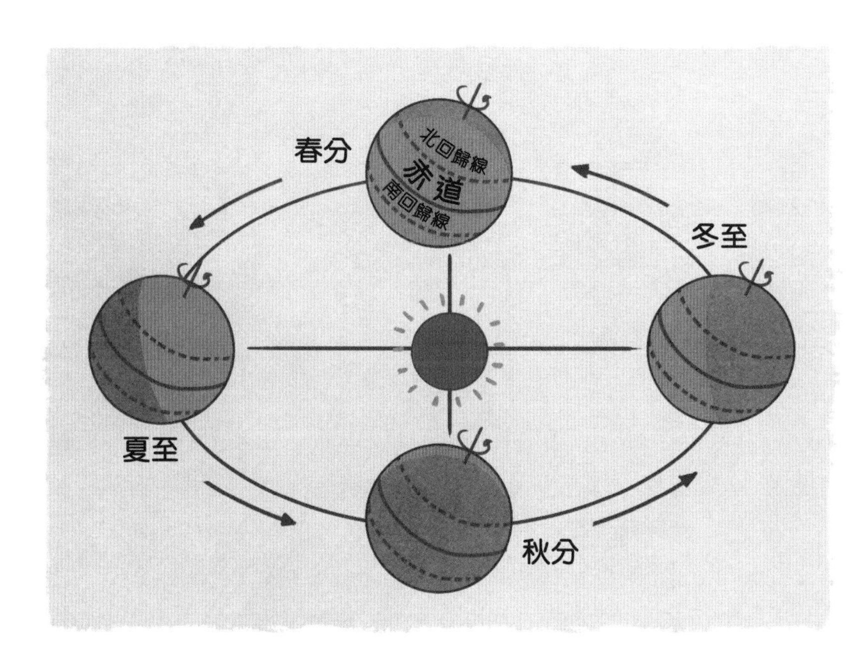

夏至過後，太陽的直射點由北回歸線漸漸向南移，北半球大部分地區的日照時間開始變短，民間俗稱「天變短」了。到了冬至，太陽幾乎直射南回歸線，北半球的這一天是全年中白天最短的一天，形成「晝短夜長」。

過了冬至，太陽射線漸向北移，北半球的白天就漸漸變長了。

南風暖北風寒

中國的氣候特點總體上是南方比北方溫暖，所以當風從北方往南吹的時候，就會把冷空氣帶到途經的各個區域，導致氣溫下降。

冰裂

「冰裂」是氣象詞彙，指山或河流結冰的區域產生裂痕，也指礦物質的冰裂，可能是因為地震或者地層的擠壓（地球內應力），使它的內部產生裂痕。

宋・蘇軾　1037 - 1101 年

字號：字子瞻、和仲，號東坡居士、鐵冠道人

簡介：北宋著名文學家、書法家、畫家。蘇軾一生為官屢次被貶，但是他坦蕩曠達，始終保持樂觀的心態，在文學藝術上取得了卓越的成就，在詩、詞、散文方面均有建樹。

代表作：《東坡七集》、《東坡易傳》、《東坡樂府》等

西江月・詠梅
xī jiāng yuè　yǒng méi

mǎ chèn xiāng wēi lù yuǎn　shā lóng yuè dàn yān xié
馬趁①香微路遠，沙籠②月淡煙斜。

dù bō qīng chè yìng yán huá　dào lù zhī hán fèng guà
渡波③清澈④映妍華。倒綠⑤枝寒鳳掛。

guà fèng hán zhī lù dào　huá yán yìng chè qīng bō
掛鳳寒枝綠倒，華妍⑥映徹⑦清波。

dù xié yān dàn yuè lóng shā　yuǎn lù wēi xiāng chèn mǎ
渡斜煙淡月籠沙。遠路微香趁馬。

注釋

❶ 趁：追趕。
❷ 籠：籠罩。
❸ 渡波：河流。
❹ 清澈：清澈透明。
❺ 倒綠：一種鳥的名字，又叫倒掛子、么鳳。
❻ 華妍：同「妍華」，形容梅花很美。
❼ 映徹：來到，落入。

譯文

馬蹄伴隨着空氣中淡淡花香，前方路途還很遙遠，沙塵瀰漫、月色朦朧，晚風吹斜了炊煙。清澈的水波倒映着怒放的梅花，枝頭的花朵好像倒掛的小鳥。梅花凋謝落入流水，枝頭只剩下小鳥，渡口的炊煙裊裊，沙塵漸漸散去，花香追趕着奔馳的馬兒，越跑越遠。

賞析

這是一首回文詞，上片（前半部分）完結後，由結尾一字倒過來唸，組成下片（後半部分）的內容，字雖與前文重複，卻構成另一種意境。詩人用「梅」來比喻紅顏知己王朝雲，從梅的盛開回憶朝雲的青春美麗，到梅的凋落悼念朝雲的逝去，表達了詩人對這位紅顏知己的眷戀之情。

古詩詞中的百科

鸚鵡

詩句「掛鳳寒枝綠倒」中的「鳳」指的應是與鸚鵡有着莫大關係的么鳳。鸚鵡羽毛豔麗、愛鳴叫，是典型的攀禽，對趾型足，兩趾向前兩趾向後，適合抓握，鳥喙強勁有力，可以食用硬殼果。牠們以鮮豔美麗的羽毛、善學人語的技能，為人們所欣賞和鍾愛，常被作為寵物飼養。

綠毛么鳳

據清宮《鳥譜》中記載，綠毛么鳳外形類似小型鸚鵡，羽毛翠綠，嘴殼鮮紅，擅長用雙腳抓住樹枝表演「懸空倒立」，因此得名「倒掛子」，又因喜歡棲息在梅林之中，被稱為「梅花使」。此鳥已絕跡多年，有學者認為綠毛么鳳是雀形目極樂鳥科中的一種，也有學者認為牠是短尾鸚鵡。

鸚鵡學舌

成語「鸚鵡學舌」原本是指鸚鵡學人說話，比喻人家怎麼說，他也跟着怎麼說。現實生活中，鸚鵡能夠學舌，與牠特殊的生理結構有關。鸚鵡用鳴管來發聲，鳴管位於氣管和支氣管交界，鳴管之上有發達的鳴肌，振動時可產生多種複雜的聲音。鸚鵡的舌頭就像人的舌頭一樣，轉動靈活，柔軟而有肉感，特別圓滑，舌頭前端是細長月狀的，而一般鳥類的舌端是尖的。因此牠才能模仿人說話，並且模仿得很像。

歲寒三友

松、竹、梅經冬不衰，因此有「歲寒三友」之稱。它們分別象徵着常青不老、君子之道和冰清玉潔，為歷朝歷代的文人墨客所歌頌。松樹每根松針的外圍都有一層臘質外膜和厚厚的角質層，有助減少水分的蒸發，使它可以在乾燥寒冷的環境中生存。

松

竹

梅

西江月

「西江月」是詞牌名，這個名字可能來自李白的詩句「只今惟有西江月，曾照吳王宮裏人」。現存最早的「西江月」作品應該是唐代呂岩寫的《著意黃庭歲久》。

紅顏知己王朝雲

王朝雲因家貧自幼淪落到歌舞班，以賣藝為生，能歌善舞。本詞作者蘇軾被貶到杭州時初遇王朝雲，兩人在藝術上互相欣賞，王朝雲決定跟在蘇軾身邊，即使蘇軾多次遭貶謫，也不離棄，共度患難。

東坡肉

據說蘇軾任杭州知府時，親自指揮老百姓疏通水道、築起河堤，平息了水患。過年時，大家送了一頭豬給蘇軾，以此拜年並表示感謝。蘇軾做了一道大菜與鄉親們共享，這就是著名的「東坡肉」。東坡肉的主要材料是半肥半瘦的豬肉，大多切成整齊的小方塊，色如瑪瑙，紅得透亮，口感軟而不爛、肥而不膩，是江南地區的傳統名菜。

美食大家

蘇軾除了是北宋著名的文學家，還是個美食家。他多次被貶，四處流落，於是也吃遍中國。幾乎每到一處，他都要寫一首詩來誇獎當地的美食。例如在黃州時寫的《豬肉頌》，講的就是「東坡肉」。據說蘇軾貶至黃州時就發明了這道菜，直到貶謫杭州時才為它取名「東坡肉」。後來蘇軾又改良了寺廟的油酥餅，後人叫它「東坡餅」。東坡餅一口吃下去香酥清甜，讓人讚不絕口，到現在它還是湖北當地的有名小吃。

東坡餅

唐・王之渙 688 - 742 年

字號：字季凌

簡介：盛唐詩人，擅長描寫邊塞風光，其五言詩成就最高。其詩在當時常常被用於配樂演唱。

代表作：《登鸛雀樓》、《涼州詞》、《橫吹曲辭・出塞》、《送別》、《宴詞》、《九日送別》等

登鸛雀樓[1]

dēng guàn què lóu

bái rì yī shān jìn
白日[2]依山盡[3]，

huáng hé rù hǎi liú
黃河入海流。

yù qióng qiān lǐ mù
欲窮[4]千里目[5]，

gèng shàng yì céng lóu
更[6]上一層樓。

注釋

1. 鸛雀樓：舊址位於山西永濟縣。鸛 guàn，粵音灌。
2. 白日：太陽。
3. 盡：消失，沉降。
4. 窮：達到某種高度。
5. 千里目：打開眼界。
6. 更：再，更加，程度加深。

譯文

太陽即將落山，黃河朝着大海奔湧。想望見更遠處的景色，就要登上更高的樓，站得更高。

賞析

這首詩前兩句寫落日，以遠山、大河作為鋪墊，由上寫到下，由近寫到遠，由西寫到東，視野開闊，氣勢宏大。後兩句的「千里目」、「一層樓」是虛指，不是真實的眼前景，卻把詩歌引入更高的境界，展示出更大的視野，由此表達了詩人渴望進取、積極探索的開闊胸襟和遠大抱負，寓情於景，富有哲理。

古詩詞中的百科

太陽真正的顏色

太陽的表面溫度約為6000℃，反映在顏色上其實是藍綠色。太陽呈現的顏色會受到大氣層厚度、空氣中顆粒物濃度等多種因素的影響，但並不絕對。陽光在經過大氣層時，波長較短的光都被散射掉，基本上無法到達地面，剩下紅、橙或黃色，就是我們肉眼所見的太陽的顏色，但這並不是太陽真正、全部的顏色。

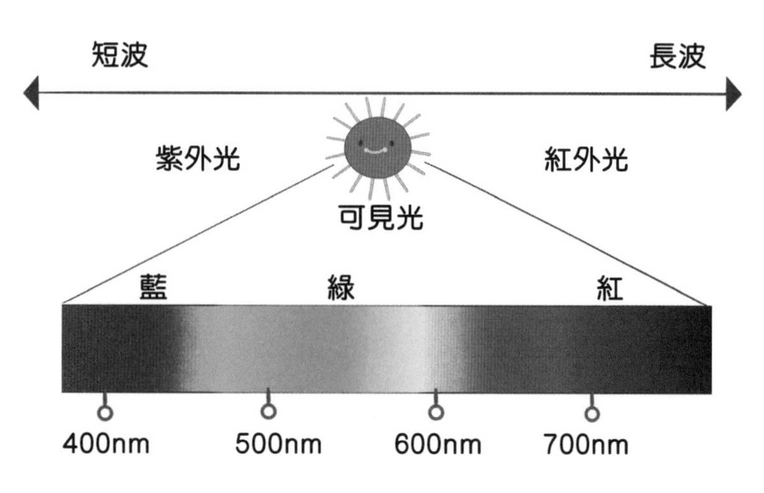

鸛雀樓

鸛雀樓又名鸛鵲樓，因一種名叫鸛雀的水鳥常在這裏棲息而得名。鸛雀樓位於山西省蒲州古城，臨近黃河，始建於北周，原樓毀於北宋末年。

意味無窮

慈禧太后非常喜歡本詩作者王之渙的另一首作品《涼州詞》，於是請人將這首詩書寫在扇面上。寫字的大臣一時疏忽，將「黃河遠上白雲間」的「間」字漏掉了，幸好他靈機一動，改了句子停頓的位置，唸成這樣：「黃河遠上，白雲一片，孤城萬仞山。羌笛何須怨？楊柳春風，不度玉門關。」慈禧聽了，覺得別有韻味，便高興地收下了。

詩人小故事：審問黃狗

王之渙做縣令的時候，有天發生了一起命案，一直找不到線索。王之渙看了現場，發現這家有條大黃狗，接着詢問鄰居案發當晚有沒有聽到狗叫，大家都說沒聽到狗叫，於是王之渙斷定是熟人作案，兇案很快就告破了。

延伸學習

明・于謙 1398 - 1457 年

字號：字廷益，號節庵

簡介：明朝兵部尚書，「西湖三傑」之一。為官廉潔正直，曾平反冤獄、救災賑荒，深受百姓愛戴。他憂國忘身，平素節儉，曾組織著名的「北京保衛戰」，並取得勝利。

代表作：《于忠肅集》

石灰吟[1]

shí huī yín

qiān chuí wàn záo chū shēn shān
千錘萬鑿出深山，

liè huǒ fén shāo ruò děng xián
烈火焚燒若等閒[2]。

fěn gǔ suì shēn quán bú pà
粉骨碎身全不怕，

yào liú qīng bái zài rén jiān
要留清白在人間。

注釋

❶ 吟：讚頌。

❷ 閒：平常。

譯文

經過無數次捶打開採出來的石頭，把烈火的焚燒看作平平常常的事。即使粉骨碎身也毫不懼怕，要將高尚的節操留在人間。

賞析

這是一首託物言志的詩，詩人以石灰自喻，表達了自己為國盡忠、不怕犧牲的意願，而且決心堅守高潔情操。據說于謙寫這首詩時年僅十二歲。

古詩詞中的百科

石灰

石灰分為生石灰和熟石灰。生石灰的主要成分是氧化鈣，通常是以石灰石、白雲石、白堊等碳酸鈣含量較高的礦物質為原料，高溫燒製而成的，能吸水，可用作乾燥劑、工業原料等。

生石灰與水發生反應會生成氫氧化鈣，即熟石灰或消石灰，呈白色粉末狀。加入水後，呈上下兩層，上層澄清的石灰水可以檢驗二氧化碳（二氧化碳會使澄清石灰水變得混濁），下層渾濁的液體叫石灰乳，可用於建築。

石膏與石灰

石膏的主要成分是硫酸鈣，而石灰的主要成分是氧化鈣，兩者成分不同，作用也不同。

石膏也分為生石膏和熟石膏兩種，生石膏經過鍛造、磨細，可以得到熟石膏。石膏可用於工業和建築等多個方面，還可以雕刻成藝術品，甚至可以入藥。石膏及石膏製品的微孔結構和加熱脫水性，有助隔音、隔熱和防火。

中國石膏礦產資源儲量豐富，已探明的各類石膏總儲量約為五百七十億噸，居世界首位。

古代沒有水泥，如何砌牆？

水泥據說最早是由古羅馬人或古埃及人發明的，直到18世紀由英國人加以改良。在那之前，中國古代人民是如何修築堅固的牆體的呢？據史料記載，中國從南北朝開始就將糯米湯加入石灰砂漿，製成糯米砂漿，然後用來砌牆。萬里長城千年不倒也是得益於這種建築材料。

兩袖清風

本詩作者于謙做地方官的時候，宦官王振為非作歹，經常向官員勒索錢財。于謙沒有錢，親朋好友就勸他送些地方特產巴結王振。但是，于謙甩甩袖子答道：我只有清風。後來「兩袖清風」用來比喻人為官清廉，也指一個人沒什麼錢。

千古奇冤

于謙性格剛直，不畏強權，在朝為官時樹立了不少敵人。1457年，大臣石亨、徐有貞與宦官曹吉祥等向英宗進讒言，把于謙捉拿下獄，不久他被扣上謀反罪，遭到斬首。

西湖三傑

「西湖三傑」指南宋岳飛、明初于謙、明末張煌言。他們在國破家亡的緊急關頭，抗擊外族入侵，捨生取義，保衛國家，而且死後都安葬在杭州西湖山水間，其忠勇愛國的精神為世代傳誦。

岳飛　于謙　張煌言

宋・王安石 1021 - 1086 年

字號：字介甫，號半山

簡介：北宋著名思想家、政治家、文學家，後世稱王文公。其文章短小精悍、言辭犀利，詩詞作品以懷古詠物居多。其《泊船瓜洲》中的「春風又綠江南岸，明月何時照我還」成為後世廣為傳誦的名句。

代表作：《王臨川集》、《臨川集拾遺》、《臨川先生文集》等

梅花
méi huā

qiáng jiǎo shù zhī méi
牆角數枝梅，

líng hán dú zì kāi
凌寒①獨自開。

yáo zhī bú shì xuě
遙②知不是雪，

wèi yǒu àn xiāng lái
為③有暗香來。

注釋

❶ 凌寒：冒着嚴寒。
❷ 遙：遠遠的。
❸ 為：因為。為 wèi，粵音胃。

譯文

牆角的幾枝梅花，冒着嚴寒獨自盛開。遠遠的就知道那是潔白的梅花而不是雪，因為有淡淡的香氣襲來。

賞析

這首詩僅用二十個字，就形象地刻畫出梅花的風度與品格。詩人以雪喻梅，讚美梅花的潔白純淨，又用「暗香」點出梅勝於雪，語言素樸，意境深遠。

古詩詞中的百科

「大寒」是農曆二十四節氣中的最後一個節氣。在公曆1月20日前後，太陽到達黃經300˚時，即為大寒。這時，寒潮南下頻繁，是中國部分地區一年中最冷的時期。大寒來臨時，交通運輸部門要特別注意及早採取預防大風降溫、大雪等災害性天氣的措施。

❄ 天寒地凍 ❄

大寒時節常有大範圍雨雪天氣和大風降溫，人們在出門時都會戴上厚厚的手套和圍巾，以抵禦寒冷。

❄ 征鳥厲疾 ❄

大寒之後，古語有「征鳥厲疾」的說法，征鳥是指鷹隼之類的猛禽。這時牠們處於捕食能力極強的狀態，會不停地在空中盤旋，尋找食物以補充能量，抵禦寒冷。

❄ 冬泳 ❄

這時的天氣寒冷，但有不少人仍然堅持游泳的習慣，而且是在室外水域的自然水溫下游冬泳。冬泳有利於防治心血管疾病、提高抗寒能力等，但不是所有人都適合游冬泳。

❄ 大掃除買年貨 ❄

過了大寒很快就會到立春，新的一年即將來臨，家家戶戶都要打掃房屋，貼上春聯、購買年貨，為過年做好準備。

詩人小故事：兩任宰相，兩度罷相

宋神宗時期，本詩作者王安石是當時的宰相，為了改善國家積貧積弱的局面，在1069年開始推行變法改革。可是在1074年，天下大旱，百姓居無定所，食不果腹，守舊派將其歸咎於王安石宣導的變法。宋神宗迫於壓力罷免了王安石的宰相之職，將其貶為江寧知府。

1075年，神宗再召王安石入京當宰相，繼續推行變法。此時的變法引發了不少內憂外患，無法繼續推行，神宗也沒有以前那麼信任王安石，加上兒子去世，讓王安石心痛不已。1076年，王安石主動請辭，退隱江寧。

梅

梅在中國已有三千多年的栽培歷史，主要分布於長江流域，至今已有四百多個品種。梅樹、梅花不僅可觀賞，而且花、果、葉、根等均可入藥。梅與松、竹並稱「歲寒三友」，並與蘭花、竹子、菊花一起被列為「四君子」。其因苦寒中的堅毅、冷幽裏的暗香，千百年來受到文人墨客的喜愛。

延伸學習

清・龔自珍 1792 - 1841 年

字號：字璱人（璱sè，粵音室），號定庵

簡介：清朝中後期的詩人、思想家。好讀詩文，在詩歌、詞、散文、隨筆等方面均有成就，傳世文章三百餘篇，詩詞近八百首。

代表作：《己亥雜詩》約三百一十五首

己亥雜詩

jǐ hài zá shī

jiǔ zhōu shēng qì shì fēng léi
九州①生氣②恃③風雷，

wàn mǎ qí yīn jiū kě āi
萬馬齊喑④究可哀。

wǒ quàn tiān gōng chóng dǒu sǒu
我勸天公重抖擻⑤，

bù jū yì gé jiàng rén cái
不拘一格降人才。

注釋

❶ 九州：古代中國的別稱之一。

❷ 生氣：生氣勃勃的局面。

❸ 恃：憑藉。恃 shì，粵音似。

❹ 喑：沉默。喑 yīn，粵音陰。

❺ 抖擻：振作起來。

譯文

只有依靠風雷激蕩般的巨大力量，才能使九州大地煥發勃勃生機，然而社會政局毫無生氣，終究令人悲哀。我奉勸上天（或皇帝）要重新振作精神，不拘泥於一定規格以降下更多的人才。

賞析

《己亥雜詩》寫於己亥年（道光十九年，1839年），多達三百一十五首，這裏是其中一首。這首詩的前兩句用兩個比喻，寫出了詩人對現實的看法，「萬馬齊喑」比喻腐朽統治導致思想被禁錮，人才被扼殺的現實，「風雷」比喻新興的社會力量和猛烈的改革，給人一種大氣磅礴的境界。詩的後兩句，「我勸天公重抖擻，不拘一格降人才」是後世廣泛傳誦的名句。詩人用奇特的想像表現出他熱烈的期望，他期待優秀傑出人物的湧現，期待變革能打破籠罩九州的沉悶和遲滯的局面。全詩別開生面，昂揚向上，充滿着催人奮進的蓬勃力量。

古詩詞中的百科

改良主義的先驅

本詩作者龔自珍提出「經世致用」思想，認為經史的使用要以現實情況為依據，士大夫要把社會現狀與做學問相結合。他強烈批判清朝封建統治的腐朽專制，並剖析官僚制度及科舉取仕制度的弊端，提倡政治改革與經濟改革，建議合理調節君臣關係及更改納稅方法來促進國家的發展，以實現長治久安。但這種局部的「社會改良」最終還是未能取得成功。

支持林則徐禁鴉片

龔自珍與林則徐有共同的政治理念，也同樣愛國，兩人還是世交好友。林則徐臨危受命，奉旨到廣州查禁鴉片。離京在即，龔自珍在送別時還專門送上自己親手寫的一份建議書，名為《送欽差大臣侯官林公序》。文中詳細闡述了禁煙的建議，還預計禁煙可能引發戰爭，提醒林則徐要做好發生戰事的準備。林則徐閱後深受感動，在回信中對龔自珍的建議給予了極高的評價。

外公也是大文豪

龔自珍的外公段玉裁（1735 - 1815），字若膺，號懋堂，晚年又號硯北居士、長塘湖居士等。他是乾隆年間的舉人，清代文字訓詁學家、經學家，歷任貴州玉屏、四川巫山等縣知縣，後因病辭官，住在蘇州楓橋，閉門讀書。段玉裁愛好經學，知識廣博，在文字、音韻、訓詁學方面造詣很深。

長子龔橙功過成謎

龔自珍的大兒子龔橙是有名的藏書家，博學多識，通曉多國語言文字，但性格卻狂放不羈。有人指他在八國聯軍入侵時，帶領英國人前去圓明園，並參與搶掠，但歷史上沒有明確的證據說是他做的。孰是孰非，值得深究。

九州

相傳大禹治水的時候，將中華大地劃分成九個部分，是為「九州」，但九州的名稱和具體位置歷來有不同說法。《尚書》記載的九州包括冀州、兗州（兗yǎn，粵音演）、青州、徐州、揚州、荊州、豫州、梁州和雍州。後來，「九州」逐漸成為天下的代名詞。

一個不平凡的數字：九

數字九在中國人心目中一向意義非凡。九為陽數的極數，即單數的最大值，於是帝王被稱為「九五之尊」，與帝王有關的事物也多有「九」字。再者，「九」這個漢字外觀似蛇，蛇在中國又稱為「小龍」，因此，古代人認為九是龍的化身。「九」既為最大的數，又與「久」諧音，所以深受歷代皇帝鍾愛。

萬馬齊喑

「萬馬齊喑」（喑yīn，粵音陰）指的是千萬匹馬都沉寂無聲，舊時形容人們都沉默，不說話，不發表意見，現比喻政治局面沉悶。龔自珍在這裏用「萬馬齊喑」形容當時中國選拔人才的機制腐敗，急需變革的狀況。

延伸學習

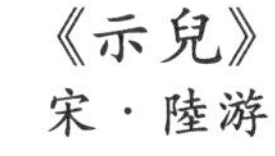

《示兒》

宋·陸游

死去原知萬事空，
但悲不見九州同。
王師北定中原日，
家祭無忘告乃翁。

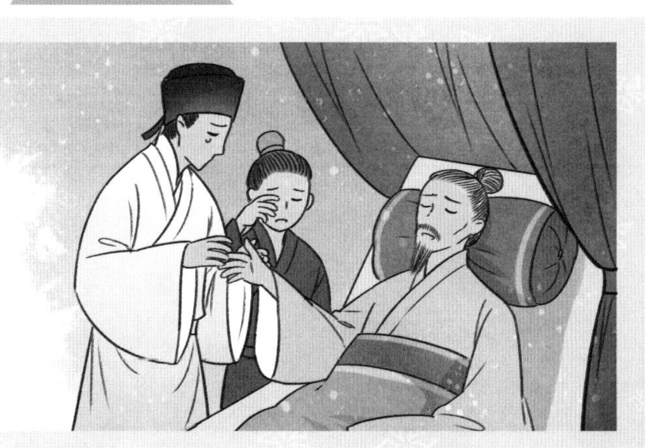

唐・李賀 790 - 816年

字號：字長吉，後世稱為李昌谷

簡介：中唐時期浪漫主義詩人，被後人譽為「詩鬼」。其詩歌以想像力豐富著稱，與李白、李商隱並稱「唐代三李」。

代表作：《雁門太守行》、《李憑箜篌引》等

馬詩
mǎ shī

dà mò shā rú xuě
大漠沙如雪，

yān shān yuè sì gōu
燕山[1]月似鈎[2]。

hé dāng jīn luò nǎo
何當金絡腦[3]，

kuài zǒu tà qīng qiū
快走踏清秋。

注釋

1. 燕山：山名，位於河北省和北京市北部，山脈由西向東延伸，古代為兵家必爭之地。
2. 鈎：彎刀，一種外形類似月牙的兵器。
3. 金絡腦：用黃金裝飾的馬籠頭（馬具）。

譯文

萬里平沙，在月光下像蓋了一層白雪。遠處的燕山上，一彎明月當空，如彎刀一樣。何時才能受到賞識，為我這匹駿馬佩戴一套黃金的籠頭，讓我在秋天的戰場上建功立業呢？

賞析

「大漠沙如雪」是李賀二十三首《馬詩》中的一首，整組作品幾乎都是通過對馬的歌詠，表現詩人的遠大理想，或者抒發生不逢時的憤懣之情。此詩前兩句以大漠、明月、燕山古戰場，勾勒出一幅悲愴肅殺、寒氣逼人的畫面。後兩句以設問的手法，提出何時能為駿馬佩戴貴重鞍具的疑問，表達詩人渴望建功立業但又不被賞識的感慨。詩風委婉含蓄，字句鏗鏘。

古詩詞中的百科

不會發光的月亮

其實月球本身不會發光，那在夜晚照耀大地的月光，只是月球反射了太陽的光芒。月球的亮度隨日月間距離和地月間距離的改變而變化，滿月時的亮度較高，上弦月和下弦月時雖可見到半個月亮，但亮度僅及滿月時的十分之一。白天的陽光太過強烈，蓋過了月光，因此白天較難看到月亮，早上或者黃昏就有機會看到月亮和太陽一同出現在天空上。

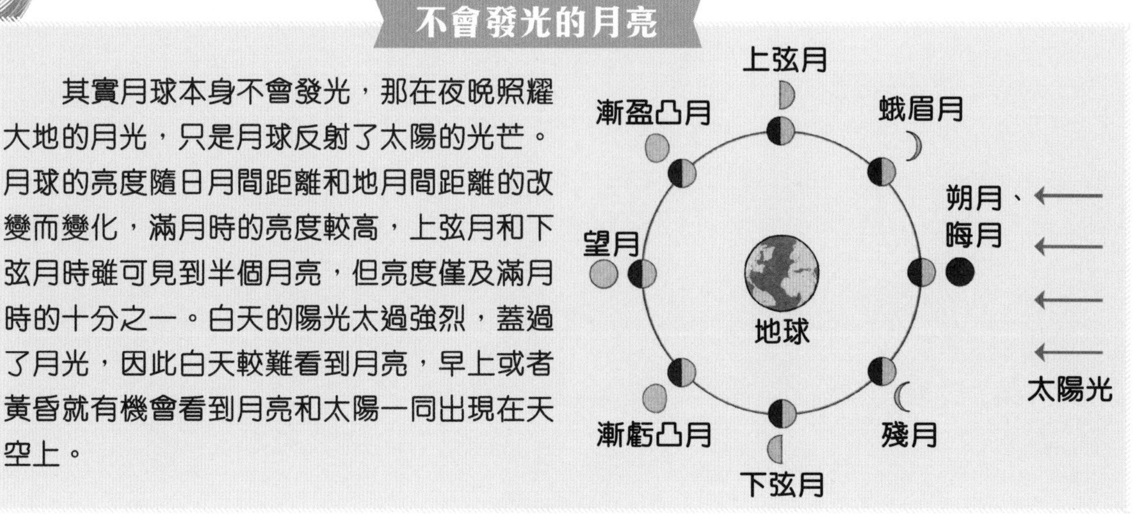

沙漠

「大漠沙如雪」中的沙漠，一般是風成地貌，主要是指地面完全被沙質土壤覆蓋、植物稀疏、年平均降雨量低、氣候乾燥的荒蕪地區，大多是沙灘、沙丘或沙下岩石。有些沙漠是鹽灘，完全沒有草木。近代在沙漠裏發現了很多石油儲藏。沙漠較少有居民活動，資源開發比較容易。

外星上也有沙漠

除了地球，火星上也有沙丘，是太陽系唯一發現有風力塑造地貌的非地球行星。不過，只看乾燥度的話，幾乎所有已知的外星天體都是由「沙漠」覆蓋的。

沙漠裏的幻境——海市蜃樓

海市蜃樓可分為上蜃景和下蜃景，是一種光學現象。在沙漠裏，白天的沙石在太陽強烈照射下，接近沙層的空氣溫度快速升得很高，但上層空氣較冷，形成「下熱上冷」的溫度分布，下層空氣密度較小，上層空氣密度較大。這時前方景物的光線會由密度大的空氣向密度小的空氣折射，於是形成下蜃景，遠看時就像是水中倒影。

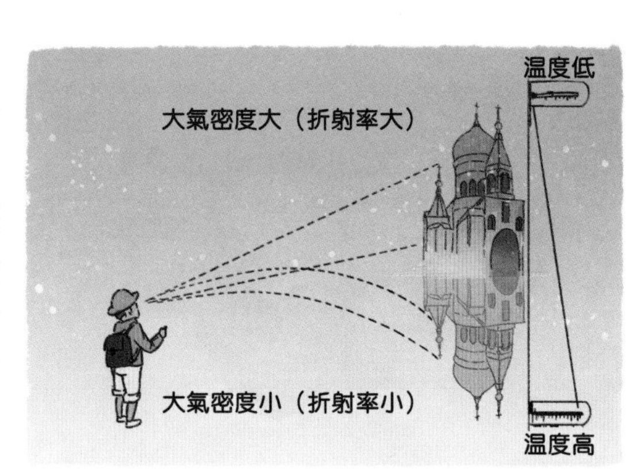

兵家重地——燕山

燕山山脈位於中國北部，是內蒙古高原和東北地區進入華北平原的必經之地。1211至1215年，蒙古的成吉思汗三次圍攻金朝的中都（北京），都是翻越燕山山脈來進攻的。燕山山脈地勢陡峭，山脊築有長城，喜峯口、古北口、居庸關等都是燕山長城的重要關隘，自古以來在戰爭中都是兵家重地。

燕山與燕京

燕國在周朝時是一個諸侯國，因臨近燕山而得名，後來成為戰國七雄之一，國都稱為燕都。唐肅宗時，「安史之亂」的叛將史思明自稱燕帝，以范陽為燕京。燕京的名稱和地位在歷史上經歷多次變動，最後成為我們國家現在的首都北京。

長吉體

本詩作者李賀的詩作風格、意境十分獨特，南宋的詩詞評論家嚴羽在《滄浪詩話·詩體》中稱它為「李長吉體」。李賀善於運用神話傳說和怪誕華麗的詞語，構建出異想天開的奇特意象，使其詩有一種傷感冷豔的風格。

才華驚動韓愈

據說李賀七歲就能吟詩作對，當時有名的文學家韓愈得知後特別激動，特意領着好友皇甫湜前去李府會一會他。李賀當場作了一首詩《高軒過》，詩中婉轉表達了對兩位前輩的仰慕之情，自然流暢，極具文采。韓愈十分欣賞，決定親自教李賀詩文，使他有更大的進步。

唐·李商隱 約 813 - 約 858 年

字號：字義山，號玉溪生，又號樊南生

簡介：晚唐詩人，與杜牧合稱「小李杜」，與李賀、李白合稱「三李」，與温庭筠合稱「温李」。寫詩時刻意追求詩的美感，詩作構思新奇，格調唯美，幾首「無題詩」寫得纏綿悱惻，含蓄動人。

代表作：《夜雨寄北》、《登樂遊原》、《錦瑟》、《無題》組詩等

嫦娥

cháng é
嫦娥

yún mǔ píng fēng zhú yǐng shēn
雲母①屏風燭影深②，

cháng hé jiàn luò xiǎo xīng chén
長河③漸落曉星沉④。

cháng é yīng huǐ tōu líng yào
嫦娥⑤應悔偷靈藥⑥，

bì hǎi qīng tiān yè yè xīn
碧海青天夜夜心⑦。

注釋

❶ 雲母：一種礦物石材，古時候常用作屏風或窗扇上的裝飾品。

❷ 深：暗淡。

❸ 長河：銀河。

❹ 曉星沉：啟明星沉降不見。

❺ 嫦娥：神話傳説中的月亮女神，早期寫作常娥或者姮娥。

❻ 靈藥：長生不老藥。

❼ 心：寒心。這裏指嫦娥感到孤單寂寞。

譯文

鑲嵌着雲母石的屏風上，倒映出來的燭影越來越暗淡了。銀河漸漸淡去，清晨出現的啟明星也慢慢下沉。嫦娥應該在後悔當初偷吃了長生不老藥吧，如今只能獨自面對浩瀚的天空，孤單寂寞地度過一夜又一夜。

賞析

這首詩明寫嫦娥，實際上是抒發主人公自身的情感。詩人用晨星漸落、燭影黯淡營造出主人公長夜獨坐的寂寞氛圍，此情此景又聯想到獨居廣寒宮的嫦娥，因而產生了一種同病相憐的意緒。詩中融入了詩人的現實感受，基調沉重傷感，意蘊豐富。

古詩詞中的百科

雲母石

雲母是一種造岩礦物（組成岩石的礦物），主要由矽酸鹽類組成。雲母類的矽酸鹽礦物是片狀的。常見的雲母礦物有白雲母和黑雲母，白雲母的顏色略為透明，可用作玻璃的代替品，而黑雲母是黑色、深褐色的。很多岩石本身就可用來做裝飾，所以雲母在古代會用來裝飾屏風，還可入藥。

啟明星

詩中的「曉星」指金星，俗稱「太白金星」。它每天清晨出現在東方地平線附近，特別明亮，所以叫做「啟明星」。日落時，它移動到西方天邊，這時候就叫做「長庚星」、「昏星」。

蠟燭

蠟燭不但可用於日常照明，而且在生日宴會、宗教節日、婚禮、喪禮等活動中都可用到。在文學藝術作品中，蠟燭有犧牲、奉獻的象徵意義。

現時的蠟燭主要成分是石蠟，中間有棉芯，但古時通常用動物油脂製成。現在的蠟燭多為條狀的固體，點燃蠟燭的棉芯後，釋放出來的熱量使火焰附近的石蠟固體慢慢熔化，變成液體，並且汽化生成石蠟蒸氣，石蠟蒸氣遇到火焰會燃燒，於是產生了我們常見的蠟燭火苗。

吹滅蠟燭之後，可以看到一縷白煙，這就是石蠟蒸氣。如果用燃燒的火柴去點這縷白煙，白煙會燃燒起來，使蠟燭復燃。

吹滅蠟燭

火苗靠近白煙

蠟燭復燃

得遇恩師令狐先生

本詩作者李商隱才華橫溢，然而他參加科舉考試卻一再落榜，直到遇見了他的恩師，也就是後來的唐朝宰相令狐楚，情況才發生了一些改變。令狐楚一方面幫他提高學識，讓他和自己的兒子一起讀書，另一方面鼓勵他結交文學前輩。837年，他終於中了進士。

師兄弟反目

令狐楚的兒子令狐綯（táo，粵音淘）曾與李商隱同窗讀書，感情十分要好。但是令狐楚去世之後，李商隱仕途不順，令狐綯卻一再升遷，從此他再也瞧不起小師弟了，就連登門拜訪都不理會。

也有人認為，當時正值「牛李黨爭」時期，令狐楚屬於「牛黨」，但李商隱卻迎娶了屬於「李黨」的王茂元的女兒。令狐綯認為這是一種背叛，才會和李商隱漸行漸遠。

因牛李黨爭而晦暗的仕途

「牛李黨爭」是指唐代末年，士大夫分黨分派、互相爭鬥的事件。「牛黨」以牛僧孺、李宗閔等為領袖，「李黨」以李德裕、鄭覃等為領袖，兩黨鬥爭將近四十年。李商隱原本想要保持中立，但卻事與願違，兩邊都不討好，一直無法晉升，最後徹底失去了官職，回鄉後不久就病故了。

附錄 二十四節氣 春

立春

農曆二十四節氣中的第一個節氣，又名歲首、立春節等。二十四節氣是依據黃道推算出來的。立，是「開始」的意思；春，代表着温暖、生長。立春意味着春季的開始。古時候流行在立春時祭拜春神、太歲、土地神等，敬天法祖，並由此衍化出辭舊布新、迎春祈福等一系列祭祝祈年文化活動。

雨水

二十四節氣中的第二個節氣，在每年農曆正月十五前後（公曆 2 月 18 日至 20 日），太陽到達黃經 330°。東風解凍，散而為雨，天氣回暖，雪漸少，雨漸多。雨水節氣前後，萬物開始萌動，氣象意義上的春天正式到來。雨水和穀雨、小雪、大雪一樣，都是反映降水現象的節氣。

驚蟄

中國農曆二十四節氣中的第三個節氣，一般在公曆 3 月 5 日或 6 日。此時太陽到達黃經 345°，標誌着仲春時節的開始。此時氣温回升，雨水增多，正是中國大部分地區開始春耕的時候。此前，一些動物入冬藏伏土中，不飲不食，稱為「蟄」；到了「驚蟄」，天上的春雷驚醒蟄居的動物，稱為「驚」。

春分

春季九十天的中分點、二十四節氣之一，在每年公曆 3 月 21 日左右。這一天，太陽直射地球赤道，南北半球季節相反，北半球是春分，南半球就是秋分。春分也是節日和祭祀慶典，是伊朗、土耳其、阿富汗等國家的新年。中國民間通常將其作為踏青（春天到野外郊遊）的開始。

清明

「清明」既是自然節氣，也是傳統節日，一般在公曆 4 月 4 日或 5 日。清明節，又稱踏青節、祭祖節，融自然與人文風俗為一體。清明節習俗是踏青郊遊、掃墓祭祀、緬懷祖先，這是中華民族延續數千年的優良傳統，不僅有利於弘揚孝道親情、喚醒家族共同記憶，還能增強家族成員乃至民族的凝聚力和認同感。

穀雨

二十四節氣中的第六個節氣，也是春季最後一個節氣，意味着寒潮天氣基本結束，氣温回升加快，將有利於穀類農作物的生長。每年公曆 4 月 19 日至 21 日，太陽到達黃經 30° 時為穀雨，源自古人「雨生百穀」之説。這時也是播種移苗、種瓜點豆的最佳時節。

二十四節氣夏

立夏

農曆二十四節氣中的第七個節氣，夏季的第一個節氣，代表着盛夏正式開始。隨着氣溫漸漸升高，白天越來越長，人們的衣着打扮也變得清涼起來。《曆書》道：斗指東南，維為立夏，萬物至此皆長大。人們習慣上把立夏當作炎暑將臨、雷雨增多、農作物生長進入旺季的一個重要節氣。

小滿

夏季的第二個節氣。此時，北方夏熟作物的籽粒開始灌漿，但只是小滿，還未成熟、飽滿。每年公曆 5 月 20 日到 22 日之間，太陽到達黃經 60° 時為小滿。小滿時節，降雨多、雨量大。俗話說「立夏小滿，江河易滿」，反映的正是華南地區降雨多、雨量大的氣候特徵。

芒種

時間通常為公曆6月6日前後。芒種時節，中國大部分地區氣温顯著升高，長江中下游陸續變得多雨。小麥、大麥等有芒作物可以收穫，黍、稷等要在夏天播種的作物正待插秧播種，所以在芒種前後，農民會非常忙碌。種完水稻之後，家家戶戶都會用新麥麪蒸發包作為供品，祈求秋天有好收成，五穀豐登。

夏至

二十四節氣之一，在每年公曆的 6 月 20 至 22 日。夏至這天，太陽幾乎直射北回歸線，北半球各地的白晝時間達到全年最長。這天過後，太陽將會走「回頭路」，陽光直射點開始從北回歸線向南移動，北半球白晝將會逐日減短。

小暑

「小暑」在每年公曆 7 月 6 日至 8 日之間。暑代表炎熱，節氣到了小暑，表示開始進入炎熱的夏日。古人將小暑分為「三候」，每「候」五天，「一候」吹來的風都夾雜熱浪；「二候」田野的蟋蟀到民居附近避暑；「三候」鷹上高空，因為那裏比較清涼。

大暑

夏季的最後一個節氣，通常在公曆 7 月 23 日前後，此時是一年中天氣最炎熱的時候。農作物生長很快，旱災、氾濫、風災等各種氣象災害也最為頻繁。中國東南沿海一些地區有「過大暑」的習俗，例如，福建莆田人要在這天互贈荔枝。

二十四節氣秋

立秋

秋天的第一個節氣，一般在公曆 8 月 7 至 9 日之間，這時候夏去秋來，季節變化的感覺還很微小，天氣還熱，但接下來北方地區會加快入秋的腳步，秋高氣爽，氣溫也逐漸降低。立秋時節，民間還會祭祀土地神，慶祝豐收。

處暑

通常在公曆 8 月 23 日前後，也就是農曆的七月中旬。「處」有終止的意思，「處暑」也可理解為「出暑」，即是炎熱離開，氣溫逐漸下降。可在現實生活中，由於受短期回熱天氣影響，處暑過後仍會有一段時間持續高温，俗稱「秋老虎」。真正的涼爽一般要到白露前後。

白露

農曆二十四節氣中的第十五個節氣，一般在公曆 9 月 7 至 9 日之間。這個時候天氣漸漸轉涼，夜晚氣温下降，空氣中的水氣遇冷凝結成細小的水珠，密集地附着在花草樹木的綠色莖葉或花瓣上。清晨，水珠在陽光照射下，晶瑩剔透、潔白無瑕，所以稱為白露。

秋分

農曆二十四節氣中的第十六個節氣，時間一般為每年的公曆 9 月 22 至 24 日。南方的氣候由這一節氣起才開始入秋。秋分這一天的晝夜長短相等，各十二小時。秋分過後，太陽直射點繼續由赤道向南半球推移，北半球各地開始晝短夜長，南半球則相反。

寒露

二十四節氣中的第十七個節氣，也是秋季的第五個節氣，表示秋季正式結束。寒露在每年公曆 10 月 7 日至 9 日之間。白露、寒露、霜降三個節氣，都存在水氣凝結現象，而寒露標誌着氣候從涼爽過渡到寒冷，這時可隱約感到冬天來臨。

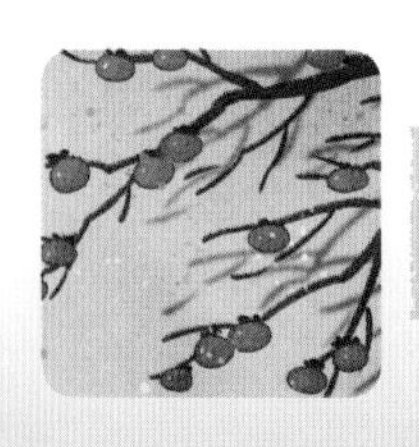

霜降

一般在公曆 10 月 23 日前後，此時秋天接近尾聲，天氣越來越冷，清晨草木上不再有露珠，而是開始結霜。霜降是秋季到冬季的過渡，意味着冬天即將到來。草木由青轉黃，動物們開始儲糧準備過冬了。南方的農民忙於秋種秋收，而北方的農民則要抓緊時間收割地瓜和花生。

二十四節氣冬

立冬

冬季裏的第一個節氣，在公曆 11 月 6 至 8 日之間。立冬標誌着冬季的正式來臨。隨着溫度的降低，草木凋零、蟄蟲休眠，萬物活動漸趨緩慢。人們在秋天收割農作物，到了冬天就要收藏好，有「秋收冬藏」的說法。立冬還有「補冬」的習俗，北方人吃水餃，南方人就吃滋補身體的食物，也有用藥材、薑、辣椒等驅寒補身。

小雪

冬季的第二個節氣，一般在公曆 11 月 22 日或 23 日。此時由於天氣寒冷，中國東部常會出現大範圍大風、降溫，而北方早已進入寒冷冰封的時節。雖然北方已經下雪，但雪量還不大，所以稱為「小雪」。每年這個時候，氣候變得乾燥，是中國南方加工臘肉的好時機。

大雪

農曆二十四節氣中的第二十一個節氣，冬季的第三個節氣，代表仲冬時節正式開始，在公曆 12 月 6 至 8 日之間。《月令七十二候集解》說：「大雪，十一月節。大者，盛也。至此而雪盛矣。」需要注意的是，大雪的意思是天氣更冷，降雪的可能性比小雪時更大了，而並不是指降雪量大。

冬至

一年中的第二十二個節氣，一般為公曆 12 月 21 至 23 日之間。這一天北半球太陽最高、白天最短。古代民間有「冬至大如年」、「冬至大過年」之說，在中國北方地區，冬至這一天有吃餃子的習俗，而南方沿海部分地區至今仍延續着冬至祭祖的傳統習俗。

小寒

農曆二十四節氣中的第二十三個節氣，也是冬季的第五個節氣，代表冬季的正式到來，一般在公曆 1 月 5 至 7 日之間。來到小寒，冷空氣南下，各地氣溫持續下降。根據中國的氣象資料，在北方地區，小寒是氣温最低的節氣，只有少數年份的大寒氣溫會低於小寒，南方地區的小寒則可能不及大寒低溫。

大寒

農曆二十四節氣中的最後一個節氣。每年公曆 1 月 20 日前後，太陽到達黃經 300° 時，即為大寒。這時，寒潮南下頻繁，是中國部分地區一年中最冷的時期。大寒來臨時，交通運輸部門要特別注意及早採取預防大風降温、大雪等災害性天氣的措施。

藏在古詩詞裏的知識百科·冬天篇

編　　繪：貓貓咪呀
責任編輯：陳友娣
美術設計：鄭雅玲
出　　版：新雅文化事業有限公司
香港英皇道 499 號北角工業大廈 18 樓
電話：(852) 2138 7998
傳真：(852) 2597 4003
網址：http://www.sunya.com.hk
電郵：marketing@sunya.com.hk
發　　行：香港聯合書刊物流有限公司
香港荃灣德士古道 220-248 號荃灣工業中心 16 樓
電話：(852) 2150 2100
傳真：(852) 2407 3062
電郵：info@suplogistics.com.hk
印　　刷：中華商務彩色印刷有限公司
香港新界大埔汀麗路 36 號
版　　次：二〇二一年三月初版

ISBN: 978-962-08-7717-9

18/F, North Point Industrial Building, 499 King's Road, Hong Kong
Published in Hong Kong, China
Printed in China